U0514077

宋方金 著

四川文艺出版社

图书在版编目（CIP）数据

两心 / 宋方金著. — 成都：四川文艺出版社，
2025.3. — ISBN 978-7-5411-7161-1

Ⅰ.I247.5

中国国家版本馆CIP数据核字第20255FU074号

LIANG XIN

两　心

宋方金　著

出品人　　冯　静
项目统筹　戚开源
责任编辑　周　轶
封面设计　张　苗
封面绘图　温海英
内文制作　史小燕
责任校对　蓝　海
责任印制　崔　娜

出版发行　四川文艺出版社（成都市锦江区三色路238号）
网　　址　www.scwys.com
电　　话　028-86361802（发行部）　　028-86361781（编辑部）

印　　刷　成都蜀通印务有限责任公司
成品尺寸　125mm×185mm　　　开　本　32开
印　　张　5.625　　　　　　　　字　数　90千
版　　次　2025年3月第一版　　　印　次　2025年3月第一次印刷
书　　号　ISBN 978-7-5411-7161-1
定　　价　48.00元

目录

{〇}

捕仙之家

古时，山东有一县，名曰胶南。胶南矗一山，名曰大珠。大珠山抱一村，名曰秦家庄。秦家庄出一人，名曰秦巨伯。秦巨伯揣一技，名曰捕仙。技从何来？家传也。仙者何也？黄大仙也。黄大仙者又何？大仙乃尊称也，其学名黄鼬，俗称黄鼠狼，外号黄皮子。

秦巨伯二十岁那年四月二十七，其父秦老翁去世。去世前三天，即四月二十四，秦老翁唤秦巨伯于炕前，屏退他人，用三天三夜授其捕仙技与捕仙规并传其两样物件。捕仙技与捕仙规暂不细表，后文有叙。两样物件别具一格，颇可一提。

一物是一尊酒壶，名曰两心壶，亦名转心壶。顾名思义，此壶一身两心，能装两样酒水；又暗藏阴阳二孔，酒水可任意切换。常人得此壶，可作游戏取乐之用；歹人拥此壶，常起谋财害命之心。秦家此壶，青铜铸成，形制朴拙，可容酒水二斤。但外人只见其形，莫能知其内里阴阳二孔之玄妙也。

另一物是一副铁扣，名曰连心扣。此物一链拴两扣，链三尺三寸长，扣孔随铁链松紧盈缩自如；两扣可分锁两头，一头活扣，一头死扣；死扣实亦能解，然所解之机关却藏在活扣；两扣一心，故名连心扣。捕黄大仙，即靠此扣。探明黄大仙秘踪暗迹后，活扣或握于猎人之手，或扣于树桩，死扣置于黄大仙必经之处，凡其一爪踏扣，即入死地。

山中岁月，说长也短。倏忽间四十载已过，秦巨伯年至花甲，步踏耳顺之年。本遭故事，即肇发于此年八月十五。

{一}

都是老天一盘菜

逢五、十，胶南县大集，秦巨伯必赶。每集售黄皮子一只且只售一只。

这年八月十四入夜，月亮在圆。至五更天，秦家按逢集老例，秦巨伯儿子秦祖佑自东厢房炕上先起来了。这东厢房，草屋三间，北间住秦祖佑和他妻子李珠，中间是灶屋，南间住他们的儿子秦朔望。起来后秦祖佑提一盏"气死风"灯便直奔西厢房。西厢房也是三间房长短，但中间不隔，是座通房，仅用六根松木桩撑顶。西墙上有扇白蜡木支摘窗，用以通风。靠北墙摆条香案，香案上供的却不是常见的神祇佛圣，而是一架黄大仙木偶，与成年黄大仙约莫等身，桃木作骨，核桃为头，中间吊着颗七窍玲珑心——一个浑圆的香薰铜炉；炉有七孔，故曰七窍。靠南墙有个铁笼，能容四五只黄鼠狼，但通常只有一只，此为秦老翁所嘱捕仙规矩之一：每次只捕一只，每集只售一只。故此可知，秦家每五天捕一只黄鼠狼；现笼中就有一只，为秦巨伯前两日所捕。当中间是方砖石砌成的杀台，杀台上覆有一张公银杏木砧板。砧板上有磨刀石一方、卧足碗一只、竹筒一具，杀台旁有清水缸一口。杀台上方，悬挂着放血刀、剥皮刀、剜心刀各一把。

　　进了房，秦祖佑挂好"气死风"，于清水缸净手，在香案前点香：先是点了一丸白茅香，放进那颗七窍玲珑心；又点了三炷香插进香台，向黄大仙木偶作揖吟道：

　　黄大仙　你莫怪

　　都是老天一盘菜

　　水火何曾结过仇

　　你我之间没有债

吟完走到杀台前，把上方悬挂着的三把刀都取了下来，摆到杀台上。先是磨刀，噌噌噌噌、唰唰唰唰、嚓嚓嚓嚓、欻欻欻欻，夜中听来，这声音甚是尖厉刺耳。秦家庄凡有小儿夜哭者，闻此声立噤。远近其他村寨也不时有人抱家里夜哭郎来听声诊治，果然屡试不爽，比贴"天皇皇、地皇皇，我家有个夜哭郎，过路君子念三遍，一觉睡到大天光"等咒符好使。现笼中那只黄鼠狼已然四股战战、哀鸣嘶嘶。

秦祖佑磨完刀剪，手弹刀身，嗡嗡作响；口吹利刃，泠泠成哨。黄鼠狼已软个半死；软下来，杀后才易剥皮；故磨刀霍霍不为磨刀，乃为恫吓之用也。见时机已到，秦祖佑将黄鼠狼拎起，左手摁住脖颈，右手掂起放血刀，嗖地一刀割喉，旋即倒提放血。割喉讲究快、准；放血讲究慢，慢才能放干净。只见秦祖佑一手倒提狼腿，一手用刀背轻轻拍打狼身，将血从断喉处放进那只卧足碗，有大半碗之多。

放完血，秦祖佑将黄鼠狼尾巴一刀斩断，仔细封进那具竹筒。尾有何用？大用——售与墨水河笔庄做大名鼎鼎之狼毫笔也。成年黄鼠狼，其尾修长，近乎身躯一半，尾毛两寸左右，雄者密而挺拔，锋颖犀利，宜作笔柱；雌者疏而柔腻，拢抱随和，宜作披毛。狼毫笔宜书宜画，刚柔并济，为笔中珍品。但狼毫笔实则指的是入冬以后的狼毫，尤以腊月为佳，此时才八月，秦祖佑为何也截尾存毫了呢？说来倒也唏嘘，这世人用笔甚多，哪有恁多冬之狼毫可取？况且即便是冬毫，早已被各路制笔世家、书画名坊预定，或成御用贡笔，或供达官贵族，或售名流圣手，寻常人等自是与此无缘，所以有些笔庄，也会剪取些错季狼毫，掺入兔毛鼠须制以成笔，亦称"狼毫笔"，沽价自是折头不小，正好供些乡间塾师、穷酸秀才、账房先生、破蒙学童之用，是以秦家一年四季的狼尾都有去处。

接着是剥皮。剥皮讲究"全乎"，亦即品相完好，皮有损则价必廉。秦家剥出的皮，内壁光滑，不沾血污；外边干爽，无有杂痕。在皮市行当，"秦皮"名声在外，专有一号，翻开皮子，于前胸内壁处见一"秦"字方戳，即是秦皮。有此"秦"字，价昂。

秦皮价昂，靠的是家传的剥皮技法。寻常人等剥皮，往往需要八九刀，还常剥破。秦家剥皮，最多却只需五刀。实则剥黄鼠狼皮，最少即是五刀。但秦老翁刀不凑手的时候，还可徒手剥皮。此技艺秦巨伯未能学到，秦祖佑自然亦是不会。技艺不传即失传。

只见秦祖佑用杀台上方挂刀的刀线钩住黄鼠狼下巴，第一刀先自黄鼠狼嘴岔处劐开，使其皮肉分离，以"金蝉脱壳"之势向下倒剥，剥至两条前腿的脚掌时，左右两刀将腿皮割断，至后脚掌时又是两刀；到此已满五刀。然后秦祖佑放下刀，双手一个脆劲扯下去，就齐整整赤条条地给黄大仙脱掉了"袍子"。

脱掉后的"袍子"，是一件反卷的圆形"筒袍"，此时还须刮一遍油脂。秦祖佑把筒袍放到杀台上，用放血刀的刀背，由尻至头，慢推轻刮。此间秘诀在于：一不能用刀刃，因容易伤及皮板；二不能由头至尻，因黄鼠狼毛根朝前而针毛向后，若自前向后刮，就会把毛根刮出皮层。刮完油脂，秦祖佑拎起筒袍快步走到黄大仙木偶前，将筒袍蒙头套上，恰又翻卷过来，真如一只栩栩如生之黄大仙矣。此时七窍玲珑心中的那丸白茅散发出的缕缕幽香正好烘熏皮张的内壁，不但可除臊气，更可葆住生气。故秦皮以手摩挲，其蓬松柔软竟仿如黄大仙生前；若铺展开来，一袭杏黄耀人眼目（本地黄鼠狼多是杏黄），并有幽香沁人鼻息。所以秦皮每次售与和盛茂皮货店程掌柜时，他总手抚鼻嗅，不忘盛赞一句："上品！上品！老秦啊老秦，你是如何做到的呀！"似叹似问。秦巨伯均笑而不答。此间之秘，岂能让程掌柜此等外人知晓。别说外人不晓，就连秦祖佑妻子李珠与儿子秦朔望亦不知。就这西厢房，也只秦巨伯和秦祖佑二人可进。

挂好皮袍，秦祖佑回转到杀台前，拿起剜心刀，旋入狼腔，剜出心肝肺胆肾，用一张油纸包好。这是要卖给万全堂药铺的。又持刀自狼尻下方一左一右，剔出两粒黄豆样大小的"臭豆"。黄大仙遇险，即靠它喷出臭雾御敌逃命。但喷一次，要再蓄积两三日才有，故黄大仙并不轻易施喷。臭豆是黄大仙身上对己最有用但对秦家唯一无用之物，被秦祖佑随手扔出西窗，早有两三只野猫哄抢叼走。

剔完臭豆，秦祖佑的活儿就算忙完了，此时五更将尽，天色放明，已听闻得灶屋吱吱啦啦，传来缕缕香气，他禁不住深吸一口，然后端起那大半碗血往灶屋走。原来，秦祖佑起来半个时辰后，其妻李珠也就起了，到灶屋燃柴生火，为秦巨伯治备早点。一年到头，秦巨伯的早点雷打不动：油旋儿四个、馄饨儿一碗。这油旋儿、填末儿又为何物呢？秦巨伯为何一年四季又百吃不厌呢？趁李珠做饭的工夫，就此确也有一段话要说。

{二}

油旋儿 填末儿

这话还得从秦巨伯二十岁得捕仙技那年说起。

那年入冬后，连着下了几场雪，秦巨伯不再进山，只在村子周围捕仙。这也是父亲秦老翁死前授他的技法之一：捕仙，就要摸准仙踪。这冬前雪后，黄大仙出没之地，颇有不同，所谓冬前喜游山、雪后常摸村。道理说来倒也简单，入冬前山中食物丰裕，故不必冒险到人烟处觅食；而大雪后山中吃食贫瘠，黄大仙势必要进村谋食了。

这冬前雪后，黄大仙吃食有甚区别呢？那秦老翁人之将死，其言却细。

原来，入冬前，青蛙、长虫（蛇）及各类小虫黄大仙皆可食之，而且几乎随地都有。若想换换口味，黄大仙还能捕杀比自己身强力壮的野兔。秦巨伯好奇问那黄鼠狼如何以小谋大，秦老翁曰：

　　"黄大仙捕兔有三招：怪招，妙招，狠招。"

　　秦巨伯支棱起了兔子样耳朵听着。

　　秦老翁说道：

　　"怪招呢，是跳舞。这黄大仙与野兔游山打食，要是突然撞上，来了个顶头碰，霎时两方都会愣怔一下。黄大仙机灵劲儿当然远胜那兔子，会先回过神儿来，一回神儿它就站起来了，就跟人一样，能招手，能背手，能跳舞。它就围着那兔子开始蹦啊跳啊，这兔子就迷糊了，像被孙悟空用定身法儿定住。那黄大仙一边跳一边往前凑，凑到近前，一口咬死。"

　　秦巨伯将信将疑道：

　　"兔子为啥不跑？"

　　秦老翁答：

　　"被迷住了。"

　　秦巨伯又问：

　　"被啥迷住了？"

秦老翁答：

"臭豆。它腚上那两颗臭豆一旦喷出来，别说兔子了，就是人也没跑儿，轻则中邪，重则丧命。"

秦巨伯小心翼翼问：

"那我们家怎么还敢惹这黄大仙？"

秦老翁答：

"是活儿，总得有人干哪。总有人需要穿皮货，总有人需要狼毫笔，总有人需要治病。卤水点豆腐，一物降一物吧。"

顿了顿，又道：

"妙招呢，是偷袭。那黄大仙隐蔽在树丛草堆里，见兔子经过就跳将出来，蹿到兔背上，后两爪抓背，前两爪锁头，尖牙利齿就往那兔脖子上一通招呼。兔子毕竟体格大，所以有那野性兔子在翻滚挣扎的时候竟能施展出'兔子蹬鹰'的绝招儿，将黄大仙蹬飞出去。但兔子往往都来不及打滚儿翻身，那黄大仙就蹿回来了，一口咬死。"

秦巨伯问道：

"它咬人吗？"

秦老翁沉吟道：

"黄大仙报复心虽然厉害，倒轻易不咬人。这点比兔子强。"

秦巨伯松了口气。

秦老翁继续说道：

"狠招呢，是奔袭。偷袭不成，或是遇上狡兔，就得拼死力了。那兔子虽说擅跑，耐力却差一些；这黄大仙不光擅跑，更是体软骨轻，跑起来不费力。这世上不管人还是兽，跑起来后转弯儿最吃力气，本来兔子就靠会转弯儿逃命，但见到黄大仙就小巫见大巫了。为啥呢，黄大仙那大长尾巴会摆风换向急停急转哪，省时又省力，所以不大会儿工夫，兔子已吓踢蹬了，最多半个时辰，那兔子不是被活活吓死，就是被活活累死。有的兔子，被累毁了的时候，干脆不跑了，掉头走到黄鼠狼面前躺下，伸头让黄鼠狼咬死。一只兔子，黄大仙能吃三天。

"但是，这都不是黄大仙的主菜。黄大仙叫啥？叫黄鼠狼呀。鼠狼鼠狼，捕鼠之狼嘛。所以黄大仙最爱吃的是老鼠。那山林草地里边，自是有数不清的野老鼠。黄大仙白天睡觉，摸黑儿出窝，一晚上吃个六七只不在话下。有时遇上大老鼠，黄大仙就悄没声儿地跟它回家，一窝儿端，吃一家子老鼠，吃个肚儿歪，走路都斜乎着。

"立冬后就不一样了，那青蛙啊长虫啊就冬眠了。大雪一下，这黄大仙能藏身的地方少，偷袭兔子也不易了，又天寒地冻的，跑来跑去累死一只兔子也不值当。野老鼠更是深藏在地下老窝儿里，靠偷来的粮食猫冬。这时候，黄大仙就得往村里凑了，它盯上的是各家各户的家鼠。等家鼠吃得差不多了，毕竟不还有鸡嘛。不过这通常就到年根儿了，黄鼠狼为啥给鸡拜年？也是没法子啦。所以啊，大雪一下，你村里蹲守就行。"

这年雪后，秦巨伯遵照父亲所教"守村捕仙"，果然收获颇丰。不几日，已捕得五只。再捕，铁笼已容不下。按说秦巨伯须歇手些时日，因秦老翁所嘱捕仙规中有一条，说的是只可"捕一只，卖一只；卖一只，再捕一只"，不可囤积。但秦巨伯再三思量之下，竟不顾父亲所嘱，又冒雪进山了。进山作甚？秦巨伯决意要捕一只黄大仙——全身雪白的一只黄大仙。

这是秦巨伯第二次违逆父亲所遗的捕仙规了。上次是这年五月。前文已述，这年四月二十七，秦老翁去世，等过了头七，秦巨伯就跃跃欲试，想去捕仙。但捕仙规顶头一条就是"五月不捕仙"。这里头有个说道：黄鼠狼每年一胎，产期五月，一胎通常三五只，七八只也有，最多时有十二只。故五月是黄鼠狼的生产月，生产月捕猎，有悖天理。秦老翁再三叮嘱秦巨伯此条不可违。秦巨伯为此也着实又煎熬了几天，却终究没能压住性子，首先就犯了这条。话说五月十三这天上半晌，他就照父亲的出猎穿戴装扮起来：灰褂灰裤，八搭麻鞋，殷红行縢（绑腿），两心壶斜挎，连心扣揣起，海草帽扣头，柳条筐上背，装扮停当，大步流星进了大珠山。

其实秦老翁告诉过他，黄大仙最喜昼伏夜出，所以捕仙无须上半晌出发，吃过中饭日头偏西时再进山即可，但秦巨伯实在是急不可耐了。

年轻人脚力猛，一个时辰就钻进了深山密林。这山林间有条河，河水黑亮如墨水，河也就叫了墨水河。墨水河蜿蜒如蛇，流向山外，流出胶南，奔入胶县，曳过高密，又长蛇摆尾流回胶县，一头扎入大海。秦巨伯缘墨水河边沿行走，依父亲所教授，寻黄大仙踪迹，半个多时辰即在河边一处松软沙地上，觅见了黄大仙的足印：五爪留痕如一朵碎花，后边缀一圆点如一粒豌豆，踪印前后相距紧密。父亲说过，黄大仙归洞时心急，跳跃行走，所以步伐大，足印疏；出洞时慵懒，不跳不跃，所以步伐小，足印密。由此看来这是一道外出的仙踪。父亲还有传授：黄大仙若未被惊动，惯走老路出入。秦巨伯细察这条仙踪，待要寻个地方下连心扣，不想却在一棵血见愁（学名茜草）的叶柄上，看见被倒刺钩住的一缕白毛，他拿起来闻了闻，臊味呛鼻顶肺，正是他从小就熟悉的父亲打回来的黄鼠狼的味道。

"白毛黄鼠狼？！"秦巨伯心中一震，不禁猛地打了一个激灵，浑身汗毛刹那间耸立起来，只觉天旋地转，竟有些站立不稳。父亲讲过，黄鼠狼有修仙的本领，但若要成仙，必得先经百年灰，再历千年黑，苦熬万年白。原来这黄鼠狼不修仙者，通常只十余年寿命，修仙者若修到百年，黄色褪变为浅灰；若一千年，深化为黝黑；若熬煎至万年，则净化为纯白。至纯白，便可择机"讨封"，讨封成功，立地成仙。如何讨封，此处略过，后文再述。且说秦巨伯此刻捺住怦怦心跳，定下神来，依父亲所教，给黄大仙择一死地，布好连心扣，便远远找一僻静背风处躲了起来。此时才觉有些肚饿，取出干粮，就着两心壶里的水草草啃了几口，就两眼一麻搭睡了过去。

五月十三的月亮，升上了林梢，离圆满虽还有两日，但已很亮了。秦巨伯听见远处传来哀嚎声，知道是黄鼠狼入扣了，忙爬起来，蹑到近前，却愕然看见扣住的竟是父亲秦老翁的右脚踝。秦老翁一见秦巨伯即破口大骂：

"小畜生！五月不捕仙！谁让你坏这顶头的规矩来？！还不快解开这连心扣！"

秦巨伯一惊，待要上前去解，却又心下念道：

"不对呀。父亲自己会解连心扣，即便扣住，为何不自己解却要等我前来？"

忽又一念电闪：

"父亲已经死了呀！那眼前这东西是什么？莫非是黄鼠狼所幻化？"

念刚及此，眼前的秦老翁果然如黄鼠狼一样哀嚎起来。秦巨伯冷笑一声，大喝道：

"老畜牲！敢装我爹！"

说着上前取扣，就见秦老翁扑将上来，秦巨伯一闪，醒了过来，竟是一梦。却又不像一梦，因见五月十三的月亮，确乎升上了林梢，离圆满虽还有两日，但已很亮了，远处传来哀嚎声，应是黄鼠狼入扣了。秦巨伯疑是幻听，再听仍然，知道是黄鼠狼入扣了，忙爬起来，蹑到近前，赫然看见一只通体纯白的母黄鼠狼正在月光下挣扎，扣住的正是后腿右脚踝。秦巨伯禁不住牙齿格格打战。黄鼠狼听见动静，蓦地停住，伏在地上，死死盯向秦巨伯。秦巨伯顿感寒气袭来，但仍一步一步走向白毛黄鼠狼，殷红行縢在月光下像两把行走的血刀。白毛黄鼠狼突然直立起来，仰天朝月凄厉长啸，使得秦巨伯的脚步顿了一顿。眨眼间黄鼠狼俯身扭头一口咬断自己的右后腿，瘸拐着逃向密林深处；秦巨伯急向前追，就见黄鼠狼噗噗两声，两股臭气喷出，将秦巨伯劈面袭倒在地；此后竟未再逃，而是绕着晕厥的秦巨伯走了一圈并将尖牙利齿顶在了他的咽喉处，但犹豫了一下，并没有下嘴，最后拐瘸着腿走了。

秦巨伯再醒来，已是后半夜，只觉胸闷气短。怔愣片刻后，忽然竟也仰月哀号起来，惊起夜鸟纷纷，如他纷杂思绪：父亲秦老翁一辈子连千年黑都没见到过，他却错失了万年白！悲哉！痛哉！

此后无论秦巨伯如何寻觅下扣，再不见白毛黄鼠狼踪迹。"这老白毛躲到哪里了呢？难道这是个梦？不对，我有这缕白毛呀！"秦巨伯将那缕白毛缝到了海草帽上，以醒示自己五月十三夜里遇见白毛黄鼠狼不是个梦。所以今年他要趁大雪封山，趁热打铁，搜捕这只黄大仙。

但却依然一无所获。每日里只见白茫茫一片大雪。这一日，已到了大年三十，秦巨伯午后巡山时发现雪地有踪痕，虽非黄大仙足印，却也追了上去，原来是一对年根儿逃难的父女。父三十余岁，女十七八岁，自称姓杨，从齐州地界逃来，一路乞讨，误迷深山，再无人救，就要冻饿而死。秦巨伯引二人归家，安置于东厢房。燃柴暖炕，坐锅烧水，又每人一碗汤面，父女二人就缓了过来。

及至子时，秦巨伯叫二人到正房过年。二人先是不肯，怕打搅秦巨伯家人，待秦巨伯说自己父母已逝，无有兄弟姊妹，这才洗漱整衣后来到正房。父女二人进得灶屋，却见已饧好一团白面并有半盆白菜豆腐馅儿。馅儿虽是素的，但秦巨伯告诉二人，此白菜乃"胶白"，产自胶南以北的胶县。胶县多沙壤之地，松软透气，故白菜多汁脆嫩，入口甘甜，为别处白菜所不及，售价自然也不菲。胶县人夸奖自己的白菜，就俩字："峥鲜！"秦家每年也就大年三十，才买一棵。杨氏父女听来，自是惶恐不安。秦巨伯又问杨氏女道：

"大妹妹会不会包'箍扎'？"

箍扎乃山东有些地域尤其是胶东一带对饺子的旧称。顾名思义，饺子皮儿包起菜来曰"箍"，包住菜后捏皮合拢曰"扎"；沿至今日，老辈人仍有此叫法；这辈人去后，箍扎之名休矣。

杨氏女问道：

"箍扎？"

秦巨伯两手比画了一下，杨氏女笑道：

"就是我们那儿的饺饵嘛。会，我们也是包这个过年。"

秦巨伯乃让杨氏女包箍扎，自己邀杨父去了东房炕上。杨父见炕上早摆好了四样菜式：香油拌胡萝卜丝、清炒"胶白"、四瓣咸鸭蛋、一尾红烧鲤鱼。秦巨伯持两心壶给杨父斟酒，让他宽心住下去。杨父老泪纵横。

两人喝完半壶酒，杨氏女已煮好箍扎送上来，秦巨伯下炕出门放了一挂鞭炮，回屋跟父女二人吃了箍扎，这年就算过了。父女二人也就暂时住下了。家里有了人气，一时把秦巨伯捕白毛黄鼠狼的心也冲淡了些，过年后未再像年前那样每日进山。

且说大年初五这一天，秦巨伯按秦家逢集老例，五更天起来去西厢房宰杀黄鼠狼以备赶集。待收拾停当，正五更将尽，天色放明，忽听闻得正房灶屋内吱吱啦啦，传来缕缕香气。秦巨伯来到正房，见杨氏女已为他治备好早点。端上来，乍一看是小米糊糊配烧饼，跟本地一样，再细瞧却大有不同，只见那小米糊糊里又掺了过年剩下的各样菜蔬并花生米、豆干、索粉（粉条）等三五样小吃；再看那四个烧饼，金黄酥脆、油润滑眼、葱香透鼻，更别致处还拧着一层层的旋儿。杨氏女告以秦巨伯，这是齐州地界吃得起早点人家的早点，那粥叫"填末儿"，那烧饼叫"油旋儿"。秦巨伯喝了一口填末儿，吃了一口油旋儿，说：

　　"不糙。"

　　想了想，又说：

　　"以后每天就做它。"

　　说着分了半碗填末儿、两个油旋儿给杨氏女。杨氏女有些犹豫，秦巨伯不容分说道：

　　"快吃！"

　　杨氏女不知，秦巨伯刚刚喝下填末儿吃下油旋儿的时候，忽然心里浮现出一个主意："娶眼前这女子为妻。"

这天赶集回来，秦巨伯就给杨氏女买了一个银手镯，一个金戒指，一身春衫。这事与杨父讲还是与杨氏女说呢？想来思去，秦巨伯还是将三样物件偷偷递与杨氏女，诉说了自己的心思。杨氏女意颇踟蹰，秦巨伯问其心意，杨氏女答以父亲私下讲过，秦巨伯样样都好，但捕杀黄大仙太多，杀气太重，以后恐有祸端，此地不宜久住，正月十五过后他们就要走了。又说道：

"爹爹脾气执拗，我说不服他，也不敢去说。哥哥你要是有这心意，何不找个媒人去跟他说道一下？我们父女俩究竟在难中，多些聘礼与他，也许就点头了。"

秦巨伯沉吟道：

"你既然愿意许我，我自当照办。"

到正月初七，秦巨伯就聘了大珠山麻衣庵明慧法师来做媒，聘礼由杨父自定。不想杨父却一口回绝，托明慧法师告与秦巨伯：一、小女在齐州老家已许人；二、大恩不言谢，但必报答，正月十五即辞别回乡，待秋收后必登门携礼拜谢。秦巨伯长叹一声，也无可奈何。杨氏女常见秦巨伯身影在深夜窗前徘徊。

正月十四晚上，秦巨伯置一席菜、一壶酒，给杨氏父女饯行。杨氏女本不喝酒，但秦巨伯对杨父说这一去不知何日再见，何不让杨氏女也饮上三盅？杨父亦有歉意，故允杨氏女喝了三盅。余下酒水秦巨伯与杨父各一半。饮完，月亮在圆着，已跃出于大珠山之上。三人回房，各自心事。杨氏女未再见秦巨伯窗前徘徊，知其已死心，暗地里也不禁长叹一声。

正月十五一早，杨氏女给秦巨伯做好油旋儿和填末儿，便随父离去。秦巨伯仅指明道路，未再相送。说来也是无奇不成书，这杨氏父女行出七八里地后，杨父忽然腹疼如绞，一时进退两难：进，不知何处才有人烟可延医诊治；退，又如何好意思退得回去？思量间，杨父疼卧在地，已不能行走。杨氏女不再犹豫，给父亲找了个向阳草窝安顿下来，自己跑回秦家庄找秦巨伯。

回到秦家，见秦巨伯正面对油旋儿填末儿痛哭，却不曾吃喝分毫，一时眼里也涌了泪花儿。但眼下不容道情，急忙拉起秦巨伯告以实情，秦巨伯惊急不已，赶紧擦干眼泪，风快去把村医秦宝方叫来，跟杨氏女一起赶到草窝处，杨父却已无鼻息了。秦宝方察看一番，叹是痢疾，本不致命，奈何晚来一步。杨氏女既悲且痛自不必提。且说秦巨伯突逢此遭，做事却颇大义，先是厚葬了杨父于后山之上，又雇了骡马轿夫，欲送杨氏女回家乡。启程前，杨氏女忽道：

"哥哥，你心意已变？"

秦巨伯道：

"从没有变。但令尊生前不应，让我难做人。你还是依你爹爹的意思回家吧。"

杨氏女道：

"我爹爹已去。我已没有家。"

秦巨伯沉默未答。

杨氏女望望后山，又道：

"如今爹爹坟在哪里，哪里就是我家。"

秦巨伯叹息一声，遣散了骡马轿夫，引杨氏女回了家。杨氏女守孝三年后，两人成了亲。又一年后，生下了儿子秦祖佑。秦祖佑二十二岁时，秦巨伯传其宰杀收拾黄鼠狼之法，但未传捕仙技与捕仙规。同年为其娶亲成家。亲家公是大珠山山脚山神庙的庙祝李四，是秦巨伯赶集歇脚认识的老相识了。又两年后，孙子秦朔望出生。又三年后，杨氏女过世。过世前，她做了两件事：一件是把油旋儿和填末儿的做法传给了儿媳李珠；一件是央求秦巨伯将自己和父亲葬到一处。秦巨伯心道："你既是我妻，与我葬在一处才合礼数。"一时不知如何作答，去找亲家李四拿主意，因李四善打卦相面，通风水堪舆。李四就此起了一卦，解得卦象，暗中吃了一惊，乃见秦巨伯竟有暴死野外之兆。但李四知秦巨伯心重多疑，城府深锁，不可明说，况且对自己占卜的准头亦不确信，便从人情世故出发，婉转劝秦巨伯先应下杨氏女，将其与杨父葬到一处，待秦巨伯百年之后，再让秦祖佑将杨氏女迁穴与秦巨伯合坟。秦巨伯亦觉可行，便就此照办。

说回早点。自杨氏女重回秦家门那天起，秦巨伯的早点便雷打不动：油旋儿四个、填末儿一碗。偶尔心血来潮，秦巨伯会分两个油旋儿、半碗填末儿给杨氏女。秦祖佑出生后，不再分给杨氏女，只偶尔分给秦祖佑。秦朔望出生后，不再分给秦祖佑，只偶尔会分给秦朔望。杨氏女过世后，李珠按婆婆所教，原样儿操持秦巨伯的早点。

秦老翁在世时，不爱说话，一天到晚黑着脸。秦巨伯虽不黑着脸，但也不爱说话，平时不说话，吃饭时更是不言不语，一顿饭下来，只听见碗筷的声音。即使是分油旋儿和填末儿给秦朔望的时候，也只是手上分，不动言语。秦朔望曾偷偷问过秦祖佑：

"爹，爷爷是哑巴吗？"

话音刚落，头上就吃了秦祖佑一记爆栗：

"该打！"

油旋儿好不好吃？秦朔望吃完了不舍得洗手，一天都在舔手指头。

填末儿好不好喝？秦朔望喝完了直咂巴嘴儿，一天身上都是热的。

{三}

一山波浪

　　秦祖佑端着那大半碗黄鼠狼血回到灶屋，李珠接过去倒进了锅底煮着的填末儿里，盖上盖垫（锅盖），候至滚沸，掀开，先将贴在锅边的四个油旋儿起下来，再将填末儿盛出，一并放在"船盘"上，端着送往北屋。（船盘是本地人常用的木制饭板，三尺来长、二尺来宽，有边沿，无底足，用以搁在炕上用餐。）

　　北屋是三间正房，与东西厢房的茅草房不一样，北屋是海草房。海草房下以石砌，顶以草覆，堆尖如垛，色褐间白。这海草不是常见的海边杂草，是生在近海的一种海带草。此草细长柔韧，春荣秋枯，经风吹浪送，

27

渐被推至岸边。沿海人家打捞上来，翻晒晾干，苫顶成房，虫不能蛀，火不能烧，冬暖夏凉，百年不腐。但盖一座海草房费时费力，故非殷实人家不愿为。秦祖佑十年前就曾动议将东厢房也盖成海草房，秦巨伯至今不置可否。

　　李珠将早点端进北屋东房炕上，秦巨伯麻利地用完，就卜地出屋赶胶南大集了。秦巨伯赶集的装扮与进山捕仙的装扮一个样儿：灰褂灰裤，八搭麻鞋，殷红行縢，怀揣连心扣，斜挎两心壶，头扣海草帽，肩背柳条筐。也不知什么因由，捕了四十年黄鼠狼，秦巨伯有些挂相了，不但眉目之间已流动些黄鼠狼的气息，就连走路的步伐，也如黄鼠狼一样，碎步紧挪，轻若无声，遇陡峭台阶或尖石断木，也常一跃而过，浑不似六十许人。相识秦巨伯多年的人常在背后嘀咕：

　　"干啥成啥。这不就是一只黄鼠狼嘛。"

　　秦家庄窝在大珠山半山坡。秦巨伯走出秦家庄，向山下走去。出了村，踏上山路，秋林染色，丽日晴空，山中幽寂，鸟鸣婉转。沿山路徐行，秦巨伯好不惬意，竟至于哼起了小曲：

黄大仙　你莫怪

都是老天一盘菜

水火何曾结过仇

你我之间没有债

　　行出三五里路，忽然感觉到了异样。没有风，但海草帽下却突生一股凉意，怪哉！细察却是缝了四十年的那缕黄鼠狼白毛竟飘动若羽。秦巨伯心里咯噔一下，忙立停脚步，定住身形，只转动头颅悚然四望，恍见密林蓬草间一道白影过隙。再定神，却又只见阳光朗照，太平无事。此时一股山风涌来，百草千林万木如水浮漾，掀起一山波浪。秦巨伯疑是自己眼花多心了，摇摇头继续行去。

　　行至山脚下的山神庙，庙祝兼亲家李四早已等在门口，秦巨伯卸下柳条筐，掀开筐盖，从里边拎出剥皮后的黄鼠狼扔给了李四。往日李四接过去，就转身进门烹制去了，但今天似是有话要说，开口道：

　　"亲家公……"

　　秦巨伯却不大想听，只懒懒地摆摆手道：

"回来再说。回来再说。"

李四也就只好住了嘴。目送秦巨伯背上柳条筐继续向前，直至转弯不见了，才回转到庙里。

{四}

没落子弟

　　大珠山，位于东海之滨（现在叫黄海）的胶南县域，高一百四十六丈，峰奇，石怪，水猛，花繁，自古为佛道圣地，庙宇道观林立，盛时有近百座之多，可谓山气丰盈，香火鼎盛。明慧法师的麻衣庵即是其中一座，更有千古名刹石门寺镇守山脉，至今游人香客络绎不绝。

　　李四的山神庙，是其中不起眼的一座，位于山脚，坐北朝南，乃李四祖上募建。进山门，有条过道，左右两间耳房，西耳是灶屋，东耳是炕房。出过道，是一个四合院，院中植有松柏并槐树三棵，夏天能树荫满地，冬天也能落叶翻飞。三棵树中间，立着一座香炉，供香客烧香焚纸所用。绕过香炉，是正殿三间。中间供的是大珠山开山鼻祖二郎神。相传盘古开天辟地后，忽然九日并出，人间酷热，二郎神奉旨追杀太阳，至胶南县域海边，忽感鞋中有石子硌脚，脱鞋磕出一粒石子，矗立为山，即大珠山；又磕出一子，即小珠山。小珠山虽名为小，实则高出大珠山，为二百一十八丈，正所谓"大珠山不大，小珠山不小"。西边一间，供的是土地爷，一个笑呵呵的白胡子老头儿。东边一间，有五个神龛，供奉的是民间五大仙的牌位，中间是胡仙（狐狸），胡仙左手边是黄仙（黄鼠狼）和灰仙（老鼠），右手边是柳仙（蛇）和白仙（刺猬）。秦巨伯曾劝李四将黄仙的牌位请到五仙的当中间儿，李四说祖上所定，不敢调换。秦巨伯只撇嘴一笑。

　　李四家在大珠山中的李家大庄，是一个大家族。李四祖上募成山神庙后，不养和尚道士，只设一个庙祝。庙祝世代都由李氏子弟出任，所做活计也就是收收香火钱，洒扫一下庭院，擦拭一下神像牌位。所选李氏子弟看似随意，实则也有合计，就是由每一代中最没出息的那个子弟出任。到李四这一代，百十来个子弟中，他被选中了。

李四颇为沮丧，进庙后消沉了一段时日，后来却发现这是个好差事。庙祝的那些活路实则是想干就干，不想干就不干。庭院扫不扫，神像擦不擦，外人谁也不会在意。更何况，有些香客进院就干活儿，生怕出不了力，根本无须他动手。李四唯一愿意干并坚决不让别人碰的就是收香火钱。这香火钱多少除李四外是不会有人知道的。族长每月派人下山来收一趟，李四先是扣留三分之一，后来胆子愈发大了起来，就留一半交一半。闲来无事，钱又凑手，李四就去石门寺里拜了一个老道士为师，学了些打卦占卜风水堪舆之术。这老道士也颇有故事，方头方脑，像块石头，又在石门寺，故人们当面就喊他石道人，但背后其实都喊他石瞎子，因为他求仙学道把眼给弄瞎了。按说眼瞎了是坏事，但这儿的人不知怎的，都喜欢信瞎子，坏事也就变成了好事。不过这个石瞎子确有些本事，暂不详述，后边再讲。这里先说李四。

有次一个女香客来山神庙求神拜仙，却被山路崴了脚，不得已在李四这儿住了十来日。不知为何，一向小心谨慎的李四变了个样儿，每天晚上也不避讳，就在女香客眼前点数香火钱，然后锁进炕头钱柜。女香客也就没再走，和李四成了好事。一年后生下了个女儿，起名李珠。生下李珠后，李四放了心，就把钱柜的钥匙交给了女香客。又半年后，女香客却卷了李四钱柜里的所有香火钱走了。李四这时才惊觉自己连女香客老家在哪儿都不知道，只知道女香客姓顾，就这还是女香客自己说的，也不知真假。好在女香客将女儿给留下了，日子也就还有个念想。这女香客对女儿毕竟还有点心肠，走之前找木匠做了个小摇车，还偷偷给女儿裁剪了七八身衣裳，看式样大小，是照着一到十岁来缝制的。但说来也是无怪不成书，女香客卷钱走了以后，李四的运气就不大好了，山神庙的香火渐渐也淡了。多亏李四跟石道人学了些手段，还能谋个一身暖肚饱。

大珠山中，有个秦家庄。秦家庄有个捕仙的秦巨伯。秦巨伯每五日赶胶南大集，途经山神庙时，会在山门外歇一歇脚。说是歇脚，其实也没啥可歇的地方，好在山门外有个碌碡，是李四逢庙田秋收打谷子用的，秦巨伯每次就坐在碌碡上歇一气。后来李四跟秦巨伯熟了，就邀秦巨伯进屋上炕，烧一锅茶来喝。有次秦巨伯问李四会不会烹制黄鼠狼，李四答曰会。他这个法子其实是跟石门寺石道人闲谈时听来的。秦巨伯以后每次赶集就扔一只剥了皮的黄鼠狼来，返回的时候，李四恰好将黄鼠狼熬煮完毕。两人就着秦巨伯打来的两斤酒吃喝一空，然后李四关庙，秦巨伯戴月回家。时日一长，也就处成了好伙计。到孩子谈婚论嫁的时候，两人就又成了亲家。

李四一个人的时候，常常望着大珠山出神。"没落子弟？现在谁有我恁？我是恁弟！"李四想到最后总是笑笑，然后掐指算一下秦巨伯下个赶集的日子。

琅琊红　朱薯白

从秦家庄至山神庙九里路，从山神庙到胶南县城还
有九里。喝掉一壶水，走出两身轻汗，秦巨伯走进了胶
南县城。先去墨水河笔庄交付黄鼠狼狼尾。原先交付
狼尾，按季结算，自从孙子秦朔望六岁入村塾破蒙后，
秦巨伯不再结算现钱，一律折算成笔墨纸砚。这次秦巨
伯特意要了一卷安徽歙县澄心堂的宣纸，想回去抚慰一
下秦朔望。此纸名贵，本不舍得折换，又兼孙子尚小，
也不必用此名纸，但只因前日，秦巨伯痛揍了秦朔望一
顿，心下歉疚。前日，秦巨伯去秦朔望房中查验功课，
见秦朔望不但未能按塾师秦锤玉先生所教去抄书，反而

在宣纸上画了三只黄鼠狼；更可气者，画得栩栩如生；尤可恨者，一只是浅灰，一只是深黑，一只纯白；最可怕者，三只又似一只，只颜色不同。秦巨伯看时，险些惊厥过去，因跟四十年前那只白毛黄鼠狼样貌活脱脱一个模子出来的，吓得他一把将宣纸撕碎，又扯过秦朔望，按到炕上，一通老拳乱捶。以前秦巨伯也常揍孙子，但都不及这次。秦巨伯边捶边骂：

"让你不写字！让你不学好！让你不听先生的！"

秦朔望性格倔强，虽不回嘴，却也不求饶。秦祖佑和李珠就在灶屋听着，却谁也不敢上前去劝。李珠坐在锅台前，眼里噙着泪，看向秦祖佑。秦祖佑蹲在旮旯儿，低着头，一声不吭。

秦巨伯越想越气，越打越甚，怒道：

"谁教你的？"

秦朔望道：

"没人教。"

秦巨伯捶道：

"还不老实！百年灰，千年黑，万年白。你咋知道的？"

秦朔望道：

"我不知道。"

秦巨伯道:

"不知道你怎么画得出来?"

秦朔望道:

"梦里看见的。"

秦巨伯一怔,停了拳头:

"梦?什么梦?梦里还看见啥了?"

秦朔望道:

"没啥了。就看见三只长得不黄的黄鼠狼围着我绕圈儿。怪有意思的,我就画下来了。"

边说边龇牙咧嘴,涕泗横流,只因秦巨伯拳头停了,他身上觉出痛了。秦巨伯也方觉打得或是有些重了,但也不知如何收场,只扔下一句"好好写字抄书,下次不听话还打"就走了。

在墨水河笔庄吃了半盏茶、两块豆干,秦巨伯告辞,笔庄庄主孟雪斋送秦巨伯出门,仍问那个每次必问的话头:

"秦兄,这世上究竟有无白毛黄大仙呢?"

秦巨伯戴上海草帽,照旧作答道:

"有当然是有了。"

孟雪斋道：

"对对对。这个自然是了。秦兄帽子上这缕白毛即是明证。"

又低声道：

"若是秦兄捕得，这狼尾可千万要留给鄙庄啊。价钱秦兄尽管开口。"

秦巨伯诺诺两声，悻悻走了。他来到万全堂药铺，将心肝肺胆肾递与伙计；这个是记在账上，按年结算。接着秦巨伯来到和盛茂皮货店，程掌柜早已等在柜前，展开皮张上手验货，叹道：

"上品！上品！老秦啊老秦，你是如何做到的呀？！"

秦巨伯笑而不答。程掌柜开匣付钱。这是要付现钱的，因每集秦巨伯总要置办些针头线脑、油盐酱醋，尤其是雷打不动地要沽两斤酒，没现钱不灵。

从和盛茂出来，秦巨伯逛到了集市上，先是去大柳树下听说书先生讲了半时辰书，又去买了些日用零碎，然后去打酒。打两斤酒，秦巨伯却要去两个地方，因为他的这两斤酒，一斤是琅琊酒坊产的胶南名酒琅琊红，一斤是王台镇上土窑酿的小烧朱薯白。琅琊红，绵甜甘冽，喝来肚内甚觉熨帖；朱薯白，烧心辣喉，多是苦力解乏之用。秦巨伯去琅琊酒坊打了琅琊台，又去散摊上打了朱薯白，这集就赶完了，往回走了。

{六}

黄鼠狼讨封

九里地走下来，走回山神庙时，日头已偏西。李四还是掐点等在门口，接过秦巨伯的柳条筐，将其让进庙内，并早已备好清水手巾。秦巨伯洗脸净手后，跟李四坐到了右耳炕房的炕桌两旁。李四吃饭原先也用船盘，但觉得喝酒夹肉不便，便找木匠打了张四足炕桌。秦巨伯看见，炕桌上，照旧满满一瓮黄鼠狼肉；今天是中秋，李四又加了一碟蚕豆、一碟秋葵，还摆了一盘果子和月饼；秦巨伯持两心壶斟出两碗酒，照旧说道：

"老李，费事了。吃酒！"

李四亦照旧道：

"亲家公，说这话就外道了。吃肉！"

二人碗沿儿一碰，喝酒吃肉。李四仍是将碗沿儿低出半头，仍是秦巨伯下箸后自己再动筷。秦巨伯也仍是吃一口肉，照旧赞道：

"不糙！"

此赞非虚。黄鼠狼肉臊臭无比，烹制极难，李四却从石道人那儿学来妙招儿，他烹出的黄鼠狼肉，出奇地味鲜肉嫩汤美。秦巨伯曾问其法，李四答，一要去除臊筋儿——这是个细活儿；二要多下肉姜、陈皮，配以八角、草果、白芷、花椒入砂瓮小火熬炖——这是个慢活儿；最后开瓮时撒一把芫荽和一棵切碎的和事草（大葱）。秦巨伯曾用其法在家暗自烹制，不得其味。又让李珠烹过一次，亦是难以下咽。乃知李四有所保留。但也并不在意，多年来他早已习惯每集归来在李四这儿吃喝一顿，再乘月微醺返家。只要能吃进肚里，谁做都一样。大不了也只是赔上一斤朱薯白而已。

说来也是新鲜，这秦巨伯在家不言不语，与李四吃肉喝酒时却滔滔不绝；李四也有些纳闷，听李珠说秦巨伯在家从不吱声，何以在自己面前却变了个人呢？何况自己也算能言善辩，在秦巨伯面前却总是气低语短，只能唯唯诺诺，这又是为何呢？李四一时也想不明白，后来也就不想了。

秦巨伯在李四面前，所谈大多是黄鼠狼的奇闻轶事。比如黄鼠狼上身。说小珠山某某村有一户人家，家里窜进一只黄鼠狼，这家的男户主是个莽撞人，拎起一把镢头将黄鼠狼打死了，当天晚上就被黄鼠狼附体了，在自己家上蹿下跳，最后蹿到房顶，掉下来摔死了。比如黄鼠狼换命。说黄鼠狼遇见狠人，没法上身摄魂时，就以命换命，找一棵树，把自己吊死，吊死之前，前爪会指向那个人，黄鼠狼吊死以后，所指之人也必死。比如黄鼠狼讨封。说黄鼠狼修炼到白毛，就要讨封。讨封的人和地方也有讲究，三种人最灵：皇族、和尚道士等修行人、孩童；地方最好是在寺庙道观。通常是在黄昏或夜里，黄鼠狼顶一片荷叶或捡一顶破帽子戴着，直立行到人前，问道："你看我像个人吗？"对方若答"是"或者"像"之类的话语，黄鼠狼立地成仙，神通贯体，可幻化为人；对方若答"不是"或"不像"之类的话语，黄鼠狼所积道行瞬间散去，要从头重修。故黄鼠狼讨封极其慎重。

李四每每听来，心中甚有不解之处：秦巨伯讲的大都是人遭黄大仙报应的故事，他自己捕仙无数，何以讲得出来？又何以不怕报应？更何况自己庙中还有黄仙牌位，他又何以敢让自己烹制黄鼠狼肉？竟还试图让自己把黄仙牌位换到正中，这又是什么鬼心眼子？这些疑惑李四同样也是想不明白，索性也就不想了。不过李四倒是间接也得了秦巨伯一个好处，那就是有些香客来此也是想听些奇闻轶事，李四就把秦巨伯讲的那些黄鼠狼故事贩卖一番，竟颇受欢迎。

两口酒下肚，秦巨伯开言了，今天他讲的是个黄鼠狼娶亲的故事。说的是自己有一年深夜去深山捕仙，忽然听见树林中间有吹吹打打的声音。饶是他再胆大，也吓了一跳，定下心神，上前探看，见是一队黄鼠狼敲着破锣打着破鼓，抬着树枝做的轿子，轿子上那新娘黄鼠狼也蒙着块红布，跟人嫁娶一模一样。那时候秦巨伯年轻，性子尚蛮，觉得既然它们能娶亲，我就能讨块糖吃，想着竟然走到黄鼠狼队伍跟前，拱手说道：

"恭喜、恭喜。不知是哪位黄二太爷或黄二太奶家娶亲？我想讨块糖吃。"

民间五大仙中，黄大仙排名第二，在胡仙之后，故又被尊称为黄二太爷或黄二太奶。

44

突然冒出个人来，黄鼠狼队伍也吃惊不小。领头的那只黄鼠狼打量了秦巨伯一番，鼻子翕动了几下，突然龇牙咧嘴，惊恐万分，狂啸不已，带领整个黄鼠狼队伍扭头向后逃窜。当时秦巨伯忍不住笑了。他说那领头的黄鼠狼倒是聪明，闻出了他是捕仙人。说到这里，秦巨伯又忍不住笑了，说道：

"老李，你知道后来我干啥了？"

李四道：

"干啥了？"

秦巨伯道：

"我那连心扣就在黄鼠狼娶亲的路上，我后来去把那扣儿给取走了。五月我从不捕仙，黄鼠狼娶亲，也不能打，毕竟是件喜事。人必得有所为有所不为。"

李四心下忖道：

"五月不捕仙，你讲的那年五月差点捕到白毛黄鼠狼又是怎么回事？！"

嘴上却道：

"亲家公是个讲究人啊。我敬亲家公一杯。"

不觉间一壶酒喝完了，一瓮黄鼠狼肉也见了底，两人已有些醉意。眼见天色也暗下来了，李四掌上了灯。

秦巨伯忽然问道：

"老李，你今日白天有话要说，是啥来着？"

李四道：

"亲家公，夜来有件怪事。"

秦巨伯道：

"啥怪事？

李四道：

"昨儿后半夜，我听见院子里有响动，就起身出去察看察看。是个大月亮地，就见树下好似站着个什么人，个子不高，戴着顶帽子，帽檐遮得很低，还没等我走近，就问了我一句：'你看我像个人吗？'我一下也没反应过来，就说：'什么叫像个人，你不就是个人嘛！'那人道了声谢转身就走了。我追了几步，就看不见了，也没看见他是从哪儿走的，也不知道他是怎么来的，我察看了山门和后边的小门儿，都锁得好好的。你说怪不怪？这会不会是黄鼠狼讨封啊？"

秦巨伯听到一半，已冒出一额头汗；听完，酒已全醒了。秦巨伯定神问道：

"老李，那家伙走时，是不是右腿有点瘸？"

李四想了想，说道：

"是。是有点瘸。"

忽然倒吸一口冷气又问道：

"亲家公，莫不是四十年前你遇到的那只白毛黄鼠狼？她要讨封成了，会不会找你报仇啊？啊呀，亲家公，我是不是犯了大错？"

秦巨伯忽然大笑道：

"老李啊，我讲的那些瞎话儿你还真信啊？哪有什么黄鼠狼讨封，都是瞎编的。"

李四道：

"百年灰千年黑万年白也是编的？"

秦巨伯道：

"编的。"

李四道：

"那黄鼠狼娶亲呢？"

秦巨伯道：

"编的。时候不早了，我得走了。"

说着起身戴上海草帽，背上柳条筐。李四不甘心道：

"那你这帽子上的白毛呢？"

秦巨伯道：

"咳。这是我从兔子尾巴上薅下来的。我从没见过白毛黄鼠狼。走了，下个集见。"

说着走出耳房，走出了山门，踏上了山路。李四看着秦巨伯的背影消失在山路上才回转进庙。平时回到耳房，倒头就睡了，今天却气得睡不着。"全是编的瞎话儿？你这是拿我当嘲巴啊！"当地人将傻子、二百五或缺心眼等类人统称为"嘲巴"。李四心里又气又恼，不过毕竟喝了酒，气恼了一会儿，两眼一闭也就睡过去了。

{七}

天心月圆

八月十五的月亮在天心圆了。大珠山被月光笼罩着。山路很亮。秦巨伯走在山路上，心内一片忐忑。四下望去，大山里月光茫茫，一片沉寂，只是不时响起秋虫唧唧。他倒并不怕夜路，但今天实在蹊跷。早晨下山时的那一团白色影子又浮上心头，莫非那白毛黄鼠狼真的回来了？莫非昨天晚上那白毛黄鼠狼真的向李四讨封成功了？李四应当不会也不敢骗我。若真的是那白毛黄鼠狼回来，是要找我报仇吗？秦巨伯想着，加快脚步，但忽而又想到：我是个捕仙人啊！难道我不是一直苦苦追寻这只白毛黄鼠狼吗？我不是一直想捕到这只黄鼠狼

49

给孙子做一支天下一等一的狼毫笔吗？怕她作甚？难道不应该是怕她不来吗？想到这里，秦巨伯忽然哈哈大笑起来，惊起了路边树上的数只乌鸦。这时秦巨伯的脚步又从容了，肚中的酒意又汇聚到头顶，熟悉的感觉回来了，秦巨伯小碎步轻快走着。

走着走着，忽感到什么，一抬头，见是孙子秦朔望在前边山路上迎他。秦巨伯急走两步，叱道：

"这么晚跑出来做啥？我还需要你迎？"

秦朔望并未说话，而是突然冲上前，将秦巨伯扑倒在路边的草丛里，拳头如雨点般落下。秦巨伯待要反抗，却发现孙子其力甚大，竟不能反。秦巨伯吼道：

"你个好孙子，你这是为啥！"

秦朔望道：

"老杀才！前日你捶得我喘不动气，今天我非捶死你不可！"

说着继续拳捶秦巨伯。秦巨伯吃痛不过，心想如此下去必死无疑，何不装死试试？于是大叫一声，闭气不动。秦朔望又捶了几下，果然也就停了手，又骂了几句"老杀才"就离开了。

待脚步声远，秦巨伯才爬起来，感到浑身像散了架儿，但这时已顾不得许多，胸中酒意转为一腔怒火，他三步并作两步，蹿跃回家。进得家门，先到西厢房掠下那把剜心刀，一脚踢开东厢房，扑到南间，掀开被子，将刀架在了孙子的脖子上，喝道：

"你个该死的！敢捶你爷爷！"

秦朔望突被惊醒，见刀压颈，不知发生何事，只吓得哭了起来。秦祖佑与李珠也掌着"气死风"从北间过来，二人惊道：

"爹！这是咋了？"

秦巨伯怒道：

"这个小杀才刚才在山道上为我前两天捶他差点捶死我！"

秦祖佑与李珠望向秦朔望。秦朔望道：

"爹，娘，我一直不曾出屋，如何去山道上捶爷爷？"

秦祖佑道：

"爹，朔望晚上跟我们吃了月饼和果子之后就睡了，没见他出屋啊。再说了，他一个做孙子的，被你捶打也不会记仇啊。"

李珠道：

“爹，您快把刀拿开吧。您捶朔望也不是一次两次了，他哪次记仇了？更不可能捶您，他才十二岁，就是想捶您，他有那把子力气吗？”

几番话听下来，秦巨伯也忽觉有些不对，急忙把刀挪开，悻悻说道：

“刚才那人确实跟朔望一模一样。这能是谁作怪？”

秦祖佑道：

“山中啥都有。会不会是被什么不干净的东西捣鼓着了？”（捣鼓为本地方言，有捣鬼、作弄之意。）

“是她！”秦巨伯猛地一拍大腿，剜心刀险些扎到自己。

秦祖佑问道：

“是谁？”

秦巨伯道：

“这个你们少管。她敢捣鼓我，我自会扎箍她。”（扎箍亦是本地方言，有整治、攻击之意。）

秦巨伯说完恨恨地要走，又想起什么，从柳条筐里取出那卷宣纸，递给孙子，说道：

“安徽澄心堂的纸。你们先生都没用过。”

秦朔望接过宣纸，泪眼汪汪道：

"谢谢爷爷。"

秦巨伯道：

"谢啥谢，中了功名才算谢。你不是想要真正的狼毫笔么，最近我给你弄一支。"

秦朔望嗫嚅着，不敢再说谢，也不知该说什么。秦巨伯也不再理会，出门回自己屋了。秦祖佑、李珠和秦朔望三人互相看看，秦祖佑吹灭"气死风"，说道：

"睡吧。"

{八}

黄仙梦

八月二十，又逢大集。秦家按逢集老例，至五更天，秦祖佑起来宰杀前两日秦巨伯捕得的黄鼠狼一只。宰杀停当，恰五更将尽，天色放明；李珠做好油旋儿填末儿，送至北屋东房；秦巨伯吃过早点，照旧装扮，下地出门赶集。

出了村，踏上山路，秋林染色，丽日晴空，山中幽寂，鸟鸣婉转，秦巨伯沿山路徐行，似乎一切照旧。但秦巨伯知道，有些东西变了。空气里的气味都变得不一样了，他已经闻到了一股熟悉又陌生的味道。缝在海草帽上的那缕白毛也常无风自动。秦巨伯知道，她就在近处。她，就是那只白毛黄鼠狼！她真的回来了。但秦巨伯知道不能打草惊蛇，他照自己的老样子，看上去走得很惬意，也唱起了小曲：

　　黄大仙　　你莫怪
　　都是老天一盘菜
　　水火何曾结过仇
　　你我之间没有债

　　阳光普照，山风流动。秦巨伯边哼小曲边把眼睛在帽檐下偷偷四望，什么也没有看见。但秦巨伯能感觉到有双眼睛不知在什么地方盯着自己。"跑了和尚跑不了庙。老伙计，早晚咱们得打照面。"秦巨伯想定，不再展眼四顾，而是一气走到了山神庙。李四照旧等在庙门口，接过剥皮后的黄鼠狼回去烹制去了。秦巨伯仍是照旧走去县城，沿墨水河笔庄、万全堂药铺、和盛茂皮货店一路走下来，又去听书，买零碎，打酒，然后就往回走了。

　　回至山神庙，照旧是日头已偏西，两人分坐炕桌两旁开始吃肉喝酒。秦巨伯持两心壶斟出两碗酒，说道：

"老李，费事了。吃酒！"

李四道：

"亲家公，说这话就外道了。吃肉！"

二人碗沿儿一碰，喝酒吃肉。李四仍是将碗沿儿低出半头，仍是秦巨伯下箸后自己再动筷。秦巨伯也仍是吃一口肉，照旧赞道：

"不糙！"

喝过两口酒，见秦巨伯不像往常那样有谈兴，李四道：

"亲家公，不知道今天你有啥黄大仙的新鲜事儿？"

秦巨伯道：

"都是些瞎话儿。不值当讲。今天我倒想听听老李你再讲讲墨水河的风水。这条河边确实要出个文状元吗？"

李四道：

"从风水上看，是定数了。"

想了想，又说：

"这也不光是我这么看。我师父石道人过世前也是这么看的。"

秦巨伯道：

"那依你看，朔望有望拔得了这个尖儿吗？"

李四忙道：

"有望。非常有望。"

秦巨伯道：

"我是真盼着老李你这话别是黄瓜藤上开谎花啊。要不别说朔望的生计，就连秦家家传的营生也丢了。"

李四道：

"空不了。空不了。"

话虽这么说，头上却也冒出了汗，自己挥袖悄悄擦掉了，又举起酒碗道：

"亲家公，我敬您一杯。"

李四冒汗不是没有缘由。原来墨水河要出文状元之论，虽说也早有各种传言，但要说这状元会应到外孙秦朔望身上，就是李四的胡诌了。为啥胡诌呢？李四实也有不得已的苦衷。女儿李珠，当年并不愿意嫁给秦家，是经李四苦劝才勉强同意的。李珠不愿意，原因很简单，秦家是捕仙之家。李珠自小懂事，四五岁起就帮父亲洒扫庭院，擦拭神像、牌位。李珠最喜欢擦拭的就是正殿东间供奉的五大仙牌位，除了香客，她在这里也看见真的有狐狸、黄鼠狼等兽物在此出没。来的最多的，就是黄鼠狼，一身杏黄，灵头灵脑，李珠只觉得怪可爱的。这样的小灵兽怎么能杀呢？不但杀，后来看到父亲和秦巨伯还吃，心里怪硌硬的。于是对黄仙牌位尤其上心，上香总多点几炷，果子总多摆几个，擦拭总更勤一些。李四苦劝女儿嫁与秦家，则只在一点上下功夫：秦巨伯双亲已死，去了没有爷爷奶奶辈儿的负累；秦祖佑没有兄弟姊妹，去了没有妯娌姑嫂的争竞。李珠也曾跟父亲回过李家大庄，确也有些打怵大家族的生活，渐渐也就被劝动了。就嫁了。过门三天，回娘家；当然，娘已不在，只是个说法；李珠向李四诉苦道：

"爹，苦啊。"

李四道：

"吃得太糙？"

李珠道：

"不糙。"

李四道：

"穿得不好？"

李珠道：

"穿得好。"

李四道：

"那还有啥苦？"

李珠道：

"鼻子和耳朵遭罪啊。"

李四一下就听明白了。秦巨伯家，他也去过。进门顶鼻子就是一院子浓烈的臊臭的黄鼠狼味儿，西厢房时不时传出刺耳挠心的黄鼠狼的哀嚎。为镇黄鼠狼，秦家还养了两只大白鹅。黄鼠狼一叫，大白鹅也伸长脖子嘎嘎叫。还有一窝鸡，也跟着凑热闹。那真是叫得人胸闷心慌。那次李四只待了半盏茶的工夫就找借口走了，李珠却要待一辈子。李四挠几下头，却仍得劝：

"习惯习惯就好了。秦家人能受得了，我们受不了？别叫人看不起。"

李珠抹着眼泪儿回了秦家。生下儿子秦朔望后，李珠有一天来找李四，起因是她在孩子百岁那天夜里做了个梦，梦见一个鹤发童颜、须眉皆白的老头儿，坐在一顶杏黄色的轿子上，被四个黄发黄褂黄裤黄鞋的小伙抬着走到她面前，老头儿开口道：

"李珠，孩子百岁，我特来看望。"

李珠道：

"老人家，您是哪位？我不认得。"

老头儿道：

"你不认得我，我可认得你。我在你们家那山神庙里住了些年头了。你给我上过香，供过果子，还常给我洗脸擦灰。"

李珠惊道：

"您是黄仙？您从牌牌上下来了？"

黄仙道：

"正是。别叫仙了，叫我黄二太爷即可。"

李珠肃拜道：

"李珠有礼了。黄二太爷，是什么惊动您了？您来找我干啥？"

黄仙道：

"你公公秦巨伯杀我黄族子孙无数，之前的就算天意，但接下来再不收手，必遭报应。今天来找你，是让你劝一下你公公，立即停手，尚还有救。"

李珠为难道：

"黄二太爷，不是我不想劝，是我跟我公公说不上话呀。"

黄仙道：

"你跟孩儿他爹商量一下呢？"

李珠道：

"我跟他从来也没有过心的话。再说了，他还巴望着接手我公公那套家伙什儿，也当个捕仙人儿呢。"

黄仙长叹一口气：

"果然是命中该着，在劫难逃啊。"

李珠道：

"黄二太爷，您何不捡直去跟我公公说？"

黄仙道：

"秦巨伯杀孽太重，执念极深，我不能向他泄露天机。本来我也不该向你说这些，奈何你在庙中待我甚好，让我多享了好些香火供物，我不忍看你以后伤心。"

李珠疑道：

"我伤心？会报应到我身上？"

忽然明白了什么，一把抱起秦朔望道：

"黄二太爷，难道会报应到我儿身上？"

黄仙刚要回答，却从大珠山峰顶蓦地传来一只黄鼠狼的长啸声，引发了西厢房笼子里被捉到的一只黄鼠狼的哀嚎，接着院子里的两只大白鹅嘎嘎嘎叫起来，一窝子鸡也乱叫，黄仙一行就突然消失了。

李珠猛地睁开眼，才知是梦。天刚透亮，李珠就奔来山神庙，先去拜了正殿二郎神，又去拜了土地爷，最后去黄仙牌位前，上了香，磕了头，忙就出来跟李四把梦一五一十说了，央父亲想个法子。李四又挠头又嗑牙花子，他深知让秦巨伯放下捕仙的营生无异于要秦巨伯的命。但事关外孙的安危也不能袖手不管，到底让他想出了个主意，那就是告诉秦巨伯，他做了个梦，梦见土地爷给他托梦，说他的外孙有文状元命，是墨水河天选之子，天命不应错过。接着李四劝秦巨伯不应再让秦朔望接手捕仙技和捕仙规，而是以后要让他赶考走功名之路，并对秦巨伯郑重道：

"亲家公，虽然土地爷托梦不是个小事，但是不是有准头还是要看周岁抓周，到时咱们摆十二样物件，要是我那外孙、您这孙子抓的是毛笔，那这事就八九不离十了。"

本来秦巨伯从不轻信他人，但一来墨水河要出文状元这话也并非李四一个人在说，麻衣庵明慧法师也跟他说过墨水河是一条文脉之河，定会出一位大人物；二来在周岁抓周的时候，在弓箭、算秤、银子、毛笔、货郎鼓、连心扣等十二样物品中间，孙子毫不犹豫地爬过去抓起了毛笔就往嘴里塞，边塞边咯咯咯笑。由此秦巨伯下决心断掉秦家的捕仙技，让孙子以后入村塾破蒙求学，若真中了状元，漫说大珠山，就是小珠山，乃至全县全州，谁不宾服！但既然自己下了决心，就不能半途而废，若是他将捕仙技传给秦祖佑，秦祖佑以后传不传给孙子自己就做不了主了，于是连秦祖佑他也不打算传了。然而秦祖佑却并不知秦巨伯心思，只每集卖力帮父亲宰杀黄鼠狼，只盼有朝一日也能进山捕仙。不过，秦巨伯有所不知的是，孙子何以直扑毛笔呢？这是李四的一个小花招，他让李珠每天偷偷用毛笔蘸上蜂蜜让儿子舔，弄到最后儿子见到毛笔比见娘还亲。

　　两人各怀心事，边喝边叙，一瓮肉已下去半瓮。不过今日秦巨伯明显话少，李四只得多说一些，便将以前说过的一个想法又提了出来，那就是李四一直想让秦巨伯把自己引荐给县里的那些铺店商行的掌柜老板们，以便自己多接些占卜打卦风水堪舆的活儿。李四道：

　　"亲家公，庙里香火一天不如一天，得多想些法子啊。"

　　秦巨伯道：

"老李，不是我不帮你，以前也跟你说过，狼窝鼠穴，各有一摊。你像我，捕仙我只捕大珠山的仙，到了小珠山的边儿我就止步了。为啥呢？小珠山也有秦巨伯啊，得给人家留口饭。你就是说回到大珠山，你以为就我会捕仙？会的人多了，捕仙的法子也五花八门，我这连心扣算不得什么。但别人为啥不捕仙呢？有个先来后到嘛。别说多，就是大珠山再出三个打黄皮子的捕仙人，秦家这营生就没了。你有大珠山这个打打卦看看风水的地盘儿就知足常乐吧，别惦记县城了，县城也有李四啊。再说了，打卦风水这些玩意儿，有时候出了地界就不灵了。就像你这庙里的土地爷，出了大珠山还能好使吗？你是个明白人，你还不懂这个理？"

一番话把李四说得也没了话。两人闷闷地吃完肉喝完酒，下弦月已经升过大珠山山头，秦巨伯起身往回返。见秦巨伯今天醉得比往日厉害，李四送出一段山路，直到秦巨伯接连摆手才停了脚，目送其走远。然后，却又悄悄跟了上去。

量身定穴

山路上秦巨伯踉踉跄跄走着，山风一吹，脚步摇晃更甚，走两步退一步，忽地一个趔趄，竟靠到路边一棵松树上滑了下去，不但没能再站起来，竟躺在树下打起了呼噜。躲在后边一棵槐树下的李四等了片刻，见秦巨伯呼噜依然打得山响，不禁疑惑犹豫起来，方待上前察看，却见前方树影中走出一道白影，忙又藏好，定睛瞧去，见是一只全身雪白的黄鼠狼，右后腿有点瘸拐着走到了秦巨伯身边。

黄鼠狼先盯了秦巨伯一会儿，才缓缓绕秦巨伯转圈，并用自己的尾巴一尾一尾地丈量秦巨伯的身长，量完，离开山路，向大珠山深处走去。李四又惊又惑，刚要尾随上去，却又见秦巨伯悄悄从地上爬起来，蹑手蹑脚跟上去了，李四心道"好险"，也蹑踪而往。

秦巨伯根本没有醉。今天他的两心壶里，只有给李四喝的是酒，是一斤朱薯白，他那一斤，是山泉水。他算准白毛黄鼠狼今夜会现身，他要搞明白这只黄鼠狼到底想干什么。黄鼠狼几个跳跃就消失在丛林里了，不过这难不倒秦巨伯，四十年捕仙积得的经验，让他不管是从气味儿还是从足印儿，都能轻松追踪。这倒也给了李四机会，否则他不出十步，就会追丢。

秦巨伯循踪穿过两座山谷，越过三个小山包，走到一面高坡时，他听到高坡前方下边，传来窸窸窣窣的响动，慢慢爬上去，探出头，觑了一下，不禁浑身战栗。就见那高坡下的密林中，白毛黄鼠狼正游走在月光地上，指挥三五十只壮年黄鼠狼刨坑儿。每十二只黄鼠狼一组，刨一会儿即换一组。皆四爪紧刨，无有懈怠。月光中，尘雾飞腾，似真似幻。即便秦巨伯捕仙这么多年，也没一次见过这么多只黄鼠狼。"老白毛这是要干啥？"秦巨伯看得毛骨悚然，身上起了一层又一层的鸡皮疙瘩。

另一边厢，李四躲在一丛灌木里，也是看得胆战心惊。心下忖道，就是自己山神庙里那牌位上的黄二太爷，也不一定有眼前这黄二太奶的威力。

一炷香工夫，大约是坑儿刨好了，白毛黄鼠狼一声短啸，黄鼠狼群四散而去。白毛黄鼠狼又绕坑查验一周，然后几个跳跃，消失在月光里。待尘雾散去，听四周阒寂，秦巨伯越过高坡，向下来到密林中黄鼠狼刨好的坑穴旁。想了想，卸下身上的柳条筐，摘下海草帽，躺进坑里。秦巨伯霎时明白了，这是白毛黄鼠狼给他挖的墓穴啊。这时月亮正移进一片云彩，秦巨伯顿感眼前一黑。

李四躲在灌木丛里看着秦巨伯躺进土坑，马上想起了自己以前曾给秦巨伯打过的一卦：不能善终，暴死野外。原来自己也有算对的时候啊。心下不禁有些得意。忽见秦巨伯从土坑中爬起来，戴好海草帽，背上柳条筐，往来路返，李四也猫腰钻出灌木丛，悄悄溜回了山神庙。

李四一回到庙里，就去东间殿里，把黄仙牌位请到了正中，跟胡仙掉了个个儿。然后上了一炷香，磕了三个头，方回自己的炕屋里睡了。

秦巨伯回到家，已是后半夜，他没能睡着。"老白毛给我挖了个墓穴，她会怎么弄死我呢？"秦巨伯翻来覆去想着，"算了，不管她想怎么弄死我，我先弄死她，卖张好皮子，做支好毛笔。"这时天已鱼肚白，东厢房灶屋里传来填末儿和油旋儿的味道。秦巨伯爬起来，准备享用他那雷打不动的早点了。

{十}

狼来了

吃完早点，秦巨伯睡了一觉，起来就是后半晌了。他已打定了一个主意，走到东厢房门口，卸下了一扇门板，又在门板上左右横着挖了两个拳头大小的洞。秦祖佑和李珠看着孤零零的半扇门，也不敢说些什么。待天擦黑，秦巨伯去鸡窝里抓了一只鸡，用草绳捆上，系在腰里，又背上门板，就出发了。李珠看着秦巨伯的背影，对秦祖佑道：

"窝里五只鸡，他偏抓了最能下蛋的那只。你去跟他说说，换一只吧。"

秦祖佑闷声道：

"我不知道他干啥去。也许就得是只能下蛋的鸡呢？"

李珠叹一口气，不再说话。

幽暗的月光下，秦巨伯来到密林中昨夜黄鼠狼挖好的坑穴，他将捆着的老母鸡扔进去，用门板盖住坑穴一半，然后自己从另一半入坑面朝里趴下，以手移动门板，覆盖住全穴。门板上的洞口在他两肩处。

高坡上的灌木丛中，不知何时李四已潜在此处，静静看着秦巨伯的一举一动。

坑穴中，秦巨伯不时以手捏鸡，老母鸡发出痛叫声。四周却并无动静。秦巨伯知道白毛黄鼠狼不会轻易上钩，他耐心等待。约一个时辰，秦巨伯听到了轻微的脚爪行走的声音。"来了！你再狡猾也逃不出我的手心！"秦巨伯心里想着，将老母鸡移近洞口，手上加了点劲儿，老母鸡叫声更甚。秦巨伯忽感一只爪子探进了洞口，他迅疾抓住。刚一抓住，顿感糟糕，因为这爪子粗壮坚硬，明显不是黄鼠狼的爪子，来不及多想，因这兽物挣扎之际，另一只前爪从另一个洞口已经伸了进来，秦巨伯忙用另一只手紧紧抓住，兽物发出嗥叫，秦巨伯听出来了，是狼！也只能将计就计，秦巨伯勒住狼的两只前爪，屈身用力，从坑穴中站了起来。一站起来，就见白毛黄鼠狼从一棵树后的阴影中移了出来，看着秦巨伯。秦巨伯道：

"好！好！老白毛，我小看你了！"

灌木丛中，李四看见白毛黄鼠狼缓缓走向背负着门板和狼一动也不敢动的秦巨伯，一直走进坑穴中，用尖嘴利齿咬断草绳，给老母鸡松了绑。老母鸡站起来，却不跑，直到白毛黄鼠狼骑上去，才驮着她走出坑穴。走出来，白毛黄鼠狼叫了一声，老母鸡停住，白毛黄鼠狼看着秦巨伯，看他怎么办。

秦巨伯心中闪着一个念头：松开狼，狼会去咬黄鼠狼和鸡还是会咬自己呢？这东西气性大，自己一直勒着它，一旦松开，多半死的会是自己。于是也不敢松手。门板后的狼还在嚎叫，很容易招来其他狼只甚至狼群，秦巨伯不敢懈怠，手上猛地用力勒住狼爪，狼持续嚎叫，直到声音嘶哑，最后已发不出高声，秦巨伯忙迈开脚步，离开密林。白毛黄鼠狼驭鸡跟在身后。

秦巨伯只有两个去处，一个是到山神庙去找李四，一个是回家。李四跟在秦巨伯身后，看见他在岔路口犹豫了一会儿，还是往秦家庄走了。"这秦巨伯是真不把我当朋友啊！"李四叹息着往山神庙回转了。自己是真在乎秦巨伯这个亲家公兼朋友还是在乎这顿狼肉呢？李四认真想了想，觉得还是在乎这顿狼肉。他眼前甚至浮现出了狼肉炖好，他跟秦巨伯推杯换盏，喝到天亮，倒头睡去的场景。"狼肉秦巨伯不会炖，秦祖佑和李珠炖不好。糟蹋了！可恶！"想着想着李四甚至有些气鼓鼓了，回到山神庙，竟彻夜难眠。

秦巨伯背着门板和狼一步步往家赶，白毛黄鼠狼骑着老母鸡慢悠悠跟在身后。秦巨伯又恼又气，又无可奈何。到得家门前，已是后半夜，回头去看，见白毛黄鼠狼掉转鸡头，一溜烟儿跑了。秦巨伯进了家门，叫醒秦祖佑，让他取刀从背后把狼断了喉，这才撂下门板，接着两腿一软就瘫倒在地。李珠和秦朔望也醒了，都出来看着秦巨伯。三人上前要扶秦巨伯，被秦巨伯止住，自己扶墙站起来，吩咐李珠道：

"把狼去炖了。"

李珠道：

"我没炖过。怕不好吃。"

秦巨伯道：

"就按你爹炖黄鼠狼的法子炖。"

说着，自己回屋了。死里逃生，只觉得累。秦巨伯一倒头就睡过去了。再醒，已是中午时分，狼肉已经炖好了。李珠把狼肉盛在一个大盆里端到炕上。秦巨伯叫来秦朔望，从中挑出一条狼前腿，递给他，说道：

"狼前腿。咱俩一人一条。"

又对李珠道：

"两条后腿，你跟祖佑一人一条。

秦朔望好奇道：

"爷爷，前腿和后腿有什么不一样？"

秦巨伯道：

"前腿更筋道。"

李珠挑出两条后腿刚要出屋，又被秦巨伯叫住，吩咐道：

"这肉理应给你爹也送去一份。但秦家只捕仙，不打狼。大珠山的狼是王家小庄王老三打，你爹那山神庙来往的人多，万一被人看见传出去王老三会以为我要抢他的营生。就别送了。"

李珠道：

"知道了。"

秦巨伯就着狼肉喝了半斤酒。狼肉炖得很柴，嚼得腮帮子疼。秦巨伯想，要是李四炖的话，味道会大不一样。又想，他炖黄鼠狼不臊不臭的秘方到底是什么呢？对亲家公他都藏着这一手，可见他不是个厚道人，对自己恭敬也只是表面功夫。不过也不必管他，现在要对付的是老白毛。

{十一}

剜心刀　澄心堂

诱捕不行，只能击杀！秦巨伯在心里磨刀霍霍。

到了八月二十五，逢集之日，一切照旧。唯一不同是秦巨伯出门前悄悄去西厢房取了那把剜心刀揣进怀里。接下来又是一切照旧。李四炖黄鼠狼肉，秦巨伯赶集，返回到山神庙已过晌午，两人吃肉喝酒，吃完肉喝完酒天已黑了，秦巨伯已醉了，往回赶路了。

月亮已变成蛾眉月，不甚明亮了，山路朦朦胧胧。秦巨伯高一脚低一脚扮作醉醺醺样子走着，但实则留心着四周。这一次他依然喝的是水。秦巨伯知道，白毛黄鼠狼必然会出现的。他们之间的账不死不了，就看谁死。那个坑穴被挖好，就不会空着。走着走着，秦巨伯感觉背后出现了些动静，回头却又看不见什么。"老白毛，今天不是你死，就是我亡！"秦巨伯边想边按了按怀里的剜心刀，硬硬地横在那儿呢，心里便多了些底气。

跟在秦巨伯背后的却不是白毛黄鼠狼，是李四。李四觉得自己悄悄跟踪秦巨伯有些不光彩，但又想自己这是在关心亲家公，也就不怎么难为情了。秦巨伯喝的是水，李四喝的却是酒，开始他有些醉意，待走上山路，山风拂脸，轻寒袭衣，心中又提着各种小心，酒也就醒了。见秦巨伯好似察觉了些什么，李四忙停了停脚步，拉远了些距离。

走出三四里地，无事发生。又走出一二里地，依然没有动静。秦巨伯虽疑惑，却知更须打起精神。他已经领教过白毛黄鼠狼的手段了。稍不留神，就会上当。正想着，突就见朦胧月光下、曲折山路上出现了一个瘦小的身影，那身影看见秦巨伯，一下蹦起来，向秦巨伯跑来。待至近前，秦巨伯看去，正是孙子秦朔望。"老白毛，又来这一手！"秦巨伯吼了一声并摸出剜心刀猛地刺入那扑进怀中的身影，生怕不够，秦巨伯又将刀剜了一圈，只听那身影疼得叫了声"爷爷"就栽倒在地。

秦巨伯长出了口气，讥讽道：

"老白毛，叫爷爷也救不了你。"

说着摸出火石，点上一支松明火把，向下照去，见地上那孙子却并没现出白毛黄鼠狼的原形，只软软地瘫死在那里。秦巨伯先是咦了一声，继而用手去探摸，从怀中竟摸出两张写满大字的澄心堂宣纸。"啊呀！"秦巨伯忍不住大叫一声，瞬间明白了这就是他孙子秦朔望。秦巨伯青筋暴起，手足无措，但忽然他噗噗拼命吹气，吹熄了火把。这时他听见身后树丛中枝摇叶动，一阵杂乱，随之一声怪啸传出，离他远去。秦巨伯恨声道：

"老白毛，你别跑！"

秦巨伯不知道，跑的不是白毛黄鼠狼，是李四。

{十二}

夜半小曲

这天到了后半夜，秦巨伯才哼着小曲儿回了家，进院门哗啦一声拴好门闩，往北屋走。东厢房秦祖佑和李珠听见声音，醒了，秦祖佑问道：

"爹，咋回来这么晚？没事儿吧？"

秦巨伯道：

"能有啥事。就是喝多了，路上眯了一觉。快睡吧。"

说着没有回自己屋，而是进了西厢房，把剜心刀挂好，才出来回屋睡觉了。

听着秦巨伯的动静，李珠道：

"他爷爷今天回来得真晚。"

秦祖佑道：

"没听爹说嘛，路上眯了一觉。"

李珠道：

"刚才他去了西厢房一趟。"

秦祖佑道：

"你耳朵真好使。"

李珠道：

"他以前回家从不唱小曲。"

秦祖佑道：

"你以前还没这么多话呢。"

李珠被噎住。一夜再无话。

翌日早晨，李珠端来填末儿和油旋儿。秦巨伯道：

"去把朔望叫起来吧，我分他一半填末儿、两个油旋儿。"

李珠道：

"爹，不用了。您吃吧。"

秦巨伯道：

"朔望正长身体的时候，得吃点好的。让你叫你就去叫。"

李珠忙去东厢房南间叫儿子，发现炕上被窝半卷着，没人。李珠纳闷，因为往常儿子这时候都是呼呼大睡。折去北间问秦祖佑，秦祖佑还没睡醒，没好气道：

"不在炕上，那就是去了茅房呗。"

李珠想可也是，就去了茅房，茅房却也没有。李珠在家里各处转了转，只得又硬着头皮去找秦祖佑，说：

"他爹，茅房也没有。家里都找了，就那西厢房还没找。那地儿我不能进，你去看看吧。"

秦祖佑想了想，也不敢擅自让李珠去西厢房，便起来去西厢房看了看，也没有。两个人站在院子里商量，秦祖佑怪道：

"这孩子能去哪儿？"

说着看了一眼大门，见门没有闩，问李珠道：

"你刚才开门闩了？"

李珠摇头道：

"没有。我没开大门。"

秦祖佑道：

"昨天晚上你听见爹闩门的声音了吧？"

李珠想了想，道：

"好像是听见了。"

秦祖佑道：

"什么叫好像，爹昨天闩门的声音特别大。我就是被那闩门的声音弄醒的。"

李珠道：

"我是被唱小曲的声音弄醒的。"

秦祖佑道：

"不管怎样，这门闩开了，朔望肯定就是出去了。出去找吧。"

李珠先去禀与秦巨伯道：

"爹，朔望不在家里。我们出去找找。"

秦巨伯道：

"近来朔望很用功，是不是跑去塾堂了？"

李珠道：

"兴许是这样。我们先去找找。爹您先吃吧，不用等朔望了。"

学堂、村里各处都找了，还是不见人。秦祖佑、李珠这才急了，向秦巨伯讨主意。秦巨伯也急道：

"赶紧找族长，发动全村，往四处找找。"

秦家庄本是一族人，见有子弟丢失自然着急，全村三百多人马上就往外撒了出去，一会儿就在山路边发现了秦朔望的一件血衣，血衣上全是窟窿和挠痕。众族人聚拢商议，族长道：

"看这衣裳怕不是被什么兽物咬的吧？难道是狼？"

秦巨伯看了看，又闻了闻，悲道：

"不是狼，是黄鼠狼干的！我要给我孙子报仇啊！"

说着牙关一咬，昏厥了过去。

{十三}

连心扣

料理完孙子的丧事，秦巨伯养了十来日身体，积蓄了一下心力，就进山捕仙了。这次他捕的不再是成年黄鼠狼，而是十二只黄鼠狼幼崽，锁进笼子里。笼子可装五只成年黄鼠狼，装十来只幼崽自然不在话下。秦巨伯在山里捕仙的时候，时刻感觉到白毛黄鼠狼就在自己的前后左右，但是却始终看不见她。"老白毛，我还没死，你可别走啊。"秦巨伯竟有些担心这事儿到此已了。

九月十五夜里，月亮又圆了。秦巨伯携铁笼与门板再次来到坑穴旁，他将铁笼扔进坑穴，自己跳进去，又将门板合上，覆盖住全穴。秦巨伯以手捏黄鼠狼幼崽，幼崽一齐发出惨叫，树林里夜鸟四散惊飞。秦巨伯赌定，白毛黄鼠狼不会坐视不理。又是一炷香工夫，秦巨伯听见了什么动静，像是什么被移动。忽然就听骨碌一声，门板被什么压住了。接着就听见有铲土声盖上了门板。秦巨伯惊惶之下，颤声道：

"老白毛，不，黄二太奶，是你吗？"

没有回答。土依然在往门板上盖。

秦巨伯道：

"你是哪位？咱们可有冤仇？"

依然没有回答。秦巨伯道：

"你到底是谁？你让我死个明白。"

依然没有回答。秦巨伯绝望之中，看向门板洞口里的月亮，清辉照眼，他突然知道了埋他的人是谁。秦巨伯道：

"知道你是谁了。老李，李四，亲家公，你为啥要杀我？"

清澈的月光下，压住门板的是秦巨伯歇脚时常坐的那个碌碡。李四挥一把铁锹拼命铲土，不理会秦巨伯的问话。

秦巨伯道：

"亲家公，你是不是怨恨我用的是两心壶，每次给你喝的是孬酒，给我自己喝的是好酒。这不至于弄死我吧？"

李四开口了，道：

"不至于。老秦，你别以为人能瞒着锅台上了炕，我早知道你用的那个壶是两心壶了。吃你的肉，喝你的酒，你好我孬，公道。朱薯白我也喝顺口了。别的我还不习惯。"

秦巨伯道：

"亲家公，那你就是怨恨我不给你引荐县城那些店铺商行的掌柜老板，这不至于弄死我吧？"

李四道：

"不至于。老秦，我当初问你就知你不会答应。"

秦巨伯道：

"亲家公，那你就是怨恨我一直不给你连心扣看。你说了多次，我心眼小，不想给你看。这也不至于啊。"

李四道：

"不至于。不就是个铁扣嘛。我不稀罕看。"

秦巨伯道：

"亲家公，那你就是怨恨我瞧不起你。这也不是死仇。不至于啊。"

李四道：

"不至于。我本就是没落子弟，又被女人骗了一道，活该被人瞧不起。"

秦巨伯道：

"亲家公，那到底是为啥啊？你不能让我稀里糊涂地死啊。这点交情咱们总还有吧？"

李四叹息道：

"老秦，你到现在还嘴硬。你不知道你身子底下埋的是谁吗？那不就是我外孙嘛！你捅死了我外孙，自己背到这个坑里挖坑儿埋的，你不会撂爪就忘了吧？杀人偿命，天经地义。"

秦巨伯道：

"亲家公，原来你一直跟踪我。"

李四道：

"我是怕你喝多了摔着才跟你一段儿。幸亏被我瞅见了，要不然也会被你蒙在鼓里。真是知人知面不知心。"

秦巨伯道：

"亲家公，朔望是你外孙，更是我孙子。论起来，也是跟我更近，我比你更痛心啊。再说了，你既然看见了，就应当知道我那是失手捅死朔望的。"

李四道：

"失手也还好说。可恨的是你失手了不当回事儿，谁也不说。"

秦巨伯道：

"我说了不就被县衙抓走了吗？我还怎么找老白毛报仇？"

李四道：

"现在说什么也晚了。你身子底下埋的是我外孙，压住你棺材板儿的是你以前常坐的碌碡。还有十二只黄鼠狼给你殉葬。你认命吧。"

秦巨伯道：

"好好好。老李，我该死。我认。但我还有一句话。"

李四停止盖土，说道：

"老秦，一辈子你没跟我说句实话。剩最后一句了，说吧，什么话？"

秦巨伯从门板洞口探出自己的连心扣，道：

"老李，你把这个连心扣替我转交给我儿秦祖佑。这是老秦家家传的营生，别在我手上丢了。"

李四上前弯腰取扣，却只听啪嗒一声，手腕被扣住了。李四急往回扯，却扯不动。秦巨伯道：

"老李，别扯了。这一头扣在我手腕上了。活扣在我这边，你那是死扣。"

李四道：

"亲家公，误会了。我刚才就是吓唬吓唬你出口气，咱俩搁了一辈子伙计，我怎么能把你埋了呢。你快解开这连心扣吧。咱们去庙里喝酒去。"

秦巨伯道：

"老李，咱俩搁了一辈子伙计，你骗不了我，你刚才不是吓唬我，你要是吓唬我，你就不会先取这连心扣了，你会先移开碌碡，再铲掉土，再掀开门板。你刚才叫它棺材板，我就知道你不是吓唬我。"

李四刚要说话，忽然感觉到什么，他仰头望去，一下愣住，一只通体纯白的白毛黄鼠狼蹲在一棵松树的树杈上静静看着眼前的一切。她身前还吊着一根绳套。门板下的秦巨伯也嗅到了什么，问道：

88

"老李，是她来了吗？"

李四喃喃道：

"是她。"

秦巨伯高声道：

"黄二太奶，你走吧。我们两清了。"

白毛黄鼠狼扔掉绳套，从树上跃到了另一棵树上，接连几个跳跃，消失在月光里。

李四道：

"老秦，她走了。咱俩就这么在这儿干死？还是再说会儿话？"

秦巨伯道：

"说会儿就说会儿。你想说啥？"

李四道：

"有件事儿我不明白，你是个打黄鼠狼的，为啥总给我讲那些打黄鼠狼遭报应的故事？"

又道：

"你要说就说实话，不是实话就别说了。"

秦巨伯道：

"你的庙里南来北往，人多嘴杂，我是要借着你的嘴把这些遭报应的故事传出去，让他们死了打黄鼠狼这条心。"

李四道：

"你心眼子真是多啊。还有件事儿，你为啥让我把黄仙牌位请到当间儿？"

秦巨伯道：

"我是捕仙的，要是你听了我的话把黄仙牌位请到当间儿，黄仙会把功德记到我头上。黄鼠狼有仇报仇，有恩也报恩。至少功过可以两抵。对我没坏处。"

李四道：

"我要这么干，却会得罪胡仙。幸亏没听你的话。"

秦巨伯道：

"你后来还是这么干了。"

李四道：

"这你都知道了？"

秦巨伯道：

"有时候我说去解手，其实会到各个殿里拜拜。五大仙殿我也常去拜拜黄仙。那次见你挪了牌位，就知道你有事瞒我。你瞒我一件事儿，后边肯定还瞒着很多事儿。老李，咱们虽是亲家，一辈子却没搁上伙计。面和心不和。"

李四道：

"咱俩不该认识。"

秦巨伯道：

"别说这些没用的了。我再给你讲一个黄鼠狼的故事吧。这是我压箱底的一个故事，没想到最后压了门板。"

万物并作

秦巨伯不知所踪，李四也从山神庙消失了。秦祖佑和李珠找了些时日，也没找到，便到县衙报了案。县衙也摸不着头绪，这事也就成了个悬案。山神庙空着也不是办法，李珠便提议卖掉秦家庄的房子，和秦祖佑去山神庙住。秦祖佑本不情愿，因为那是李家族人的庙产，而且是李家没落子弟的寄身之所。去山神庙岂不是入赘李家！但过了几日，却又同意了，因为在家里，满眼都是儿子秦朔望的影子，夜里也常惊醒，恍似总是听到父亲秦巨伯的咳嗽声。于是就跟李珠下了山。本来李家族人见李四人失踪了，想换个没落子弟来当庙祝，却被李珠据理挡住了，因祖上规矩，庙祝要换，得是前任已死方可。父亲虽活不见人，但一直也死不见尸。要换，得有人死的实证。于是也就没换，任由秦祖佑和李珠住进了庙里。

住进庙里后，一天夜里，李珠做了个梦，梦见儿子秦朔望说自己跟爷爷和外公住在一起，住在一片很深的树林中的坑穴里，以及去的路如何如何走，并在一张带血的澄心堂宣纸上画出了路线。李珠醒来，跟秦祖佑说了这个梦。秦祖佑觉得是无稽之谈。李珠却决意要走一趟。秦祖佑也只得跟着去了。

两人跟着儿子秦朔望梦中所托的路线，来到了密林深处，看见了压在门板上的碌碡，看见了困死在门板上的李四，看见了盖着门板的半堆土，看见了锁住秦巨伯和李四的连心扣，看见了挂在松树上的麻绳套。李珠和秦祖佑面面相觑，搞不明白到底发生了什么。最后他们掀起门板，秦祖佑打开活扣，解开二人，把李四也推进墓穴，再盖上门板，均匀撒上土，把土推平。秦祖佑又把绳套取下来，拦腰系上，当了腰带。这样，就没有人再知道这里埋着三个人了。也没有人知道李四已经死了。庙祝也无须更换了。这里就像什么也没发生一样。

两人做完这一切，又把那碌碡拉回了庙门口。正是深秋打谷子的时候，派得上用场。不打谷子的时候，常有过往的路人坐在上面歇脚。也算山神庙给世人行的方便和功德了。来年春天，李珠偷偷又到那密林中的墓穴地，撒上了一片杜鹃花的种子。后来，大珠山的杜鹃花，此处最为怒放，最为鲜红。李珠撒种子的时候，还有一件奇事，就是她撒完忽然听见叽叽咕咕的声音，她循着声音过去，见在一个山窝窝里，有俩黄鼠狼在看着一群鸡，领头的正是她的那只老母鸡。老母鸡下的蛋又孵出了一群黄茸茸的小鸡。原来她的鸡并没有被吃掉。两只黄鼠狼看见李珠来了，嗖地就溜了。它俩也完成了白毛黄鼠狼交给的任务。李珠喜滋滋把鸡赶回了山神庙。

后来，秦祖佑未再继承家技捕仙，而是当了山神庙的庙祝。李珠则在庙门口支了一个有锅有灶的小摊儿，挂了面旗子，上边绣了俩字，"李记"，给赶集行脚的人提供茶水，并卖填末儿与油旋儿。一年后，李珠又生了一个女儿。生下女儿，李珠翻找些布料做衣裳，发现父亲的柜子里还留着自己小时候穿的那些小衣裳。洗得干干净净，叠得整整齐齐。除颜色淡了些，跟新的一样。她知道这是自己从未谋面的母亲卷钱逃走前给自己做的。因为她十四五岁的时候有一次缠着李四问自己母亲的事儿。李四道：

"事儿就不讲了。讲一次心口窝疼一次，缓不过来。"

想想又道：

"不过，你十岁前的那些衣裳是她做的。她给你做到了十岁。"

李珠道：

"为啥只给我做到十岁？"

李四道：

"我原以为她的意思是你十岁她就回来了。现在想想，是她不知道十岁之后你的身量了。"

李珠取出最小的小肚兜就给女儿穿上了。肚兜上绣着一条红鲤鱼，很是喜庆。平时李珠出摊的时候，就把女儿放在小摇车里。有一天，向晚时分，一个风尘仆仆衣衫褴褛的老妇人走来，走到了山神庙门口，刚要进庙门，却一下被李记摊前的小摇车吸住目光，她快步走到小摇车前，看着李珠的女儿，震惊万分，涌出了眼泪，又捂住了自己想要大喊的嘴巴，然后小心翼翼抱起了孩子，喃喃道：

"孩儿啊，这么多年你还在等娘呢！娘回来啦！娘这次不走了！"

李珠看着这个老妇人，知道她就是自己的娘。知道娘也回来找她了。

李珠道：

"娘。"

老妇人警惕地抱紧孩子，说道：

"你是谁？你要干啥？"

李珠道：

"我是你闺女。"

老妇人道：

"别骗我！"

说着摇着李珠的女儿道：

"这才是我闺女！看，她穿着我给她做的肚兜呢。这红鲤鱼我绣了整整三天三夜！"

说着忽又茫然地看了看庙门，想起什么，说道：

"李四呢？他是不是又在跟秦巨伯喝酒？我得劝劝他去，那秦巨伯不是啥好人。他生了个儿子，他肯定打着我闺女的主意呢，我不能把我这闺女嫁给他秦家人。那满院子的黄鼠狼味儿，我这闺女可闻不了。"

说着，抱着孩子进山神庙去了。李珠呆呆痴痴看着娘的背影，流下泪来。她知道，娘已经疯了。这时太阳已经落山了，李珠收拾了摊子，也回了山神庙，关上了庙门。她知道，娘这一次的确是再也不会走了。

人世流转，岁月不居。又是多少年过去了，到如今，填末儿与油旋儿已是山东名吃；黄鼠狼已是国家二级保护动物；石门寺依然香火鼎盛；每到了春天，大珠山的野杜鹃开得漫山遍野，开得如云似霞。

白杜鹃独白

我已经很老了。老到不知道自己多少岁了。我曾无数次回望，只觉得前半生一片茫然，不知道自己从哪里来，也想不起经历过什么。这种感觉大概就像人类记不住自己两三岁时候的事情。直到有一天，我在追逐一只野兔的时候，突然醒了过来。那一瞬间，世界变得异常清楚，我知道正在追逐的这个东西叫野兔，我自己叫黄鼠狼。万物原来都有名字。那一瞬间我停住了脚步，野兔却变得惶恐，它已经被累毁了，不想活了，自动走到了我的面前。但我没有吃它。因为那会儿我没感觉到饿。不饿就没有必要咬死它。换作以前，只要见到野兔或者老鼠，饿不饿都会咬死。于是我走了，放过了那只野兔，虽然那只野兔并不明白发生了什么。

我所处的这个地方叫大珠山。大珠山有很多很多黄鼠狼。我去见了一些，发现它们都不知道自己叫黄鼠狼，也不知道万物都有名字。它们昼伏夜出，靠本能行动。而且它们对我也怀有警惕，视我为异类，因为我身上的毛是白的，而它们都是黄的。我并不知道自己何以一身白毛，但我清楚自己跟它们不一样，因为我醒了。醒了的感觉真好。我想笑。我想哭。我想打滚儿。但有时我也会后怕，后怕如果没有醒过来，这辈子就白活了。不知道万物都有名字，不知道不饿的时候不需要捕食，不知道可以发呆，不知道可以想事儿，不知道有一种感受叫孤独。

醒了以后首先是喜悦，其次就是孤独。我是孤独的，颜色是孤独的，心情也是孤独的。我没有什么同类可以交谈。至于其他的动物，要么我捕食它，要么它捕食我，是天敌的关系。直到有一天，那是四月的一个白天，我出来赏大珠山的杜鹃花。那开得叫一个好看。像霞，像血。也有白的，跟我身上的毛色一样。但是忽然，我看见一个白毛黄鼠狼蹲在一处红杜鹃花旁好奇地在看我。没错，我终于遇见了另一个白毛的黄鼠狼。我以为我看杜鹃看花了眼，再定睛瞧，是的，是一个白毛黄鼠狼，比我身材略大，是个公的。我是母的。他看着我，我感觉到他比我知道得更多。我走向他，问他叫什么，他说黄鼠狼界并没有起名字的习惯，不过在人界，像他这样公的，被人称为"黄二太爷"，像我这样母的，被称为"黄二太奶"。我问他为啥我们不能像人一样起名字，他说绝大部分黄鼠狼连自己是黄鼠狼都不知道，起名字又有什么用。就说在这大珠山，这么多年下来，他也只遇见一个我这样的白毛黄鼠狼，能交谈，能想事儿。我说那也不妨我们各起一个，至少我们俩可以互相叫。他说那也好，咱们都是白的，你就叫我老白，我叫你小白吧。我说太简单了，我想叫白杜鹃。他说好，你就叫白杜鹃。虽说我叫白杜鹃，但老白还是叫我小白。我纠正了他几次，他也不改口，我也就算了。

我和他都没有其他选择，于是就做了夫妻。他告诉了我很多事情。他说他也是想了很多年，才想明白一些事儿。他说，我跟他这样的情况，都是修仙造成的。至于为什么修仙，则各有机缘。有先天灵性，也有后天机遇。现在我只是醒了，从原先没有想法的躯壳里醒了，接下来还要"讨封"。讨封要极其慎重，因为一旦失败，就会退回到蒙昧状态，需要重新修，甚至因为想法的丢失，可能就再也修不成了。讨封要向有道行的人讨，或者在寺庙道观里向各类香客讨封，还有两类人也比较灵验：一是皇帝，金口玉牙；一是小孩，童言无忌。但是有些人比较讨厌，遇到讨封的黄鼠狼不愿意玉成，还会奚落詈骂。若讨封成了，就会有神通。老白已经讨封成了。他说他是去找石门寺的石道人讨封成的。石门寺的石道人我知道，是个瞎子。我说他不是个瞎子么，你问他"你看我像个人吗"，他也看不见呀。老白说看不看得见并不重要，只要他说像就行。老白还说，要小心大珠山秦家庄一户姓秦的人家，这户人家在大珠山专门捕猎黄鼠狼，现在当家的叫秦老翁。我跟老白说既然你有神通，他们杀了我们这么多黄族子孙，你为什么不报复这户姓秦的人家。老白说有黄鼠狼，就有捕黄鼠狼的。报复了秦家，马上就会出个李家。而且，不瞒你说，我不但没有报复，还一直在暗中保护秦家。有次秦老翁在林中沉睡，一条毒蛇游过来，想要吃掉秦老翁，我悄悄将那条蛇给吃了，为此还得罪了大珠山山神庙牌位上的柳仙。柳仙就是蛇仙，蛇也可以修仙。柳仙下了牌位，附在一条大蛇上来找我算账，他跟我说你是黄鼠狼，吃我们蛇天经地义，我不生气，但那条蛇是想吃你的死对头，你为啥把它给吃了？你今天说不出个理来，我也只能把你吃了。我说柳爷，你有所不知，秦老翁虽捕猎我们，但他有家传捕仙规，比如五天只捕我们一只，比如五月不捕仙，给我们生息繁衍的时机和空间。秦老翁死了，必有其他人家谋这营生，他们不会遵守秦家这些规矩，遭殃的还是我们。我也是没法子呀。那柳仙听了，点点头，放过了我。老白不报复甚至反过来保护秦家这个做法，我虽然不是很理解，甚至还觉得有些别扭，但他比我更见多识广，我也就没有反驳他什么。

我和老白就这样在大珠山一起生活着，倒也悠闲自在。我有时会想去更远的地方看看，比如小珠山，比如更远的崂山或泰山。但老白不让我出大珠山，他说虽然我已经醒了，有了想法，但依然还是黄鼠狼的体性。也包括他，即便已经讨封成了，有了神通，但一旦出了大珠山就会有很大和很多的危险，不但会被其他的捕仙人捕猎，还会受到别处黄鼠狼的敌意和攻击。而在大珠山，只要防着秦家的连心扣就行。老白也教了我怎么防连心扣以及秦老翁的捕仙技和捕仙规。我那会儿也没什么见识，也就不再动远游的心思了。

我和老白每天看花，看云，看月亮，去墨水河里凫水。有时候什么也不做，就呼呼大睡。老白有驾驭其他黄鼠狼的神通，我们甚至都不用捕食，想吃什么就让其他黄鼠狼送来。老白喜欢吃家鼠，他说家鼠比野老鼠香，因为家鼠偷吃的是米面，肉香。但他也不轻易驱使黄鼠狼去捕食家鼠，因为进村入户过于危险。家鼠和野鼠我都不爱吃，我爱吃的是墨水河里的鲫鱼。我跟老白吃不到一起去。但渐渐地我们的话也少了。我们经常坐在大珠山的峰顶发一天呆，一句话也不说。我有时候起了讨封的念头，老白劝我再等等，他害怕万一不成怎么办。他说必须万无一失。我想了一些地方，比如麻衣庵，比如石门寺。老白总是说再等等，再等等。等等就等等，我也并没有那么想讨封成功。我觉得这样过下去也还不错。

雪来雪往，花开花落。忽然有一天老白跟我说他倦了。我以为他跟我在一起倦了。他说不是，他说他觉得这样活下去太倦了。活得足够长了，什么都看够了，吃够了，玩够了，没有活下去的念想了。我问那该怎么办呢，他说他想丢掉自己的躯壳，在大珠山找个黄仙牌位吃供奉去。吃供奉有吃供奉的危险，因为找的牌位如果香火不旺，也有可能被饿死。黄仙入驻了牌位，就算定神入位了，走不了。除非因为香火鼎盛，神力大增，才可以更换神位。

　　虽然有饿死的危险，但毕竟是另一种生活，老白神往已久。我也不想拖累他，便陪着老白在大珠山找黄仙牌位。大珠山黄鼠狼很多，但黄仙牌位却不多。石门寺、麻衣庵都没有专列的黄仙牌位。有些农人家里倒是有，但一户人家的供奉完全不足以维持神明之躯，即便黄仙是个很微末的神明，也还是不够。我们去了一些农户的牌位，发现十有十空，并没有黄仙入驻。又去了几家有黄仙牌位的宗祠，这里供奉多一些，但人家供奉的主要是列祖列宗，分到黄仙手上的还是不多。这些黄仙牌位，一多半是空的，但也有两三个确实入驻了黄仙。真是让人意外，这两三个老黄仙面黄肌瘦，灰头土脸，他们说被困在这些牌位上太久了，虽没被饿死，但却神力日减。有一个说自己连下牌位附体的最简单的本事都没有了。他们哀求老白能捞出他们来，但老白说自己没有那个神通。我这才明白做人有做人的苦，做兽物有做兽物的险，做仙也有做仙的危啊。我想劝老白打消上牌位的想法，这时候我们却找到了李氏家族的山神庙。这庙有五大仙牌位，其中有黄仙。虽然这其实也还是一座家庙，但毕竟是位于大珠山脚下的一座庙，比宗祠大多了，供奉自然也多。我和老白很担心地去看牌位上有没有黄仙入驻，一看，有！但再看就又气又笑，又惊又喜。原来这黄仙牌位上并没有黄仙，却是被五大仙牌位上的灰仙给占着。原来五大仙牌位中，来给灰仙上供的最少，这灰仙穷则思变，见黄仙牌位空着，就串门过来吃黄仙的供奉，现在已是一只硕鼠貌相。老白喝退灰仙，清出牌位，准备入位。入位就要弃掉躯壳，我问老白想怎么死，老白说被秦家捉去，然后被吃肉扒皮、五脏入药、尾毛做笔自然是上选，这样更增神力，但最近秦老翁已经病倒在炕，秦家暂时已经停止了捕仙。他就退而求其次，去找条大蛇被吃掉。我问为什么不自杀呢，这样死得干干净净。他说天道轮回，万物循环，自杀于世间没有增益。老白总是有一番道理，让我觉得无法反驳，但也并不认同。去被大蛇吃之前，老白跟我告别。我说我怎么办呢？他让我在他死后找个合适的时机去山神庙讨封。他在山神庙坐位，自是会有所护持。

105

老白去被大蛇吃了，上了山神庙的牌位。我以为他会很快找个黄鼠狼附体，过来跟我说说话。却并没有。我感到更大的孤独向我涌来。我再没有同类可以说话，可以一起拜月，长啸，看云，看花，发呆，去墨水河凫水。我每天夜里，都孤独到要发疯，都要出去奔跑。沿着墨水河跑啊跑，几乎把大珠山跑一遍，天亮才回到巢穴。只有奔跑一整个黑夜，我在白天才能安然睡去。但有一天夜里奔跑的时候，出事了。

我清楚地记得，那是那年五月十三的夜里，入夜我就开始奔跑。五月十三的月亮，已经很亮了。我先是沿着墨水河跑，接着又翻山越岭跑到大珠山峰顶，然后绕山向下跑。我一直跑到后半夜，觉得胸中的闷气释放了，身体也有些倦了，就往回跑。路线我都早已熟悉，闭着眼跑我也能回到巢穴。我完全没有察觉到什么危险，一来前段时间老白告诉我秦家暂时停止了捕仙，而且我也知道前几天秦老翁已经死了，正办丧事；二来秦家五月不捕仙，即便秦老翁不死，大珠山的黄鼠狼在五月也是安全的。我就这样松懈地跑着，忽然感觉到后边右脚踝被什么套住了，把我硬生生地拽住了。低头一看，是个铁扣。我瞬间就明白了，这就是老白跟我描述过的传说中的秦家的连心扣。秦家不是五月不捕仙么！我顾不得多想，赶紧挣扎，谁知这扣确实如老白所说越挣越紧。想到要被剥皮剜心断尾，想到一着不慎竟入死局，恐惧、痛苦、委屈、不甘，各种情绪奔涌而至，我仰天长啸。忽然，我听到脚步声，来人啦！来的是个年轻人，但穿着却跟秦老翁一模一样，我也马上明白这就是秦老翁的儿子秦巨伯。我好懊恼！我怎么就没有想到儿子不一定会听老子的呢？！这秦巨伯一步步向我走来，我死死盯住他，怒火几乎就要冲出躯壳烧掉我全身的白毛，这时候我心头反倒燃起一个念头，无论如何我也不能让他得手。我下定决心，扭头咬断我的脚踝，就往密林深处跑。这秦巨伯自是不甘心，追上来，我放出体内的两股臭气，将他击倒。我绕着他转了一圈，并将我的牙齿凑近了他的喉结，其实我的想法是咬死他，但老白说的那一套道理还是纠缠了我，我没下得了嘴，就走了。我后来很后悔，我不该听老白的，我当时应该咬死他。

　　一条腿断了，我丧失了一些元气。我得找个地方养伤。一来躲避苍鹭、野狗等天敌，二来更要躲避秦巨伯的猎捕。从秦巨伯看我的眼神我就知道，这厮绝对是不会放过我的。秦家有各种捕仙的法子，我该去哪里躲避呢？我想到了一个绝妙的地方，那就是山神庙的正殿。正殿供奉的是大珠山的开山鼻祖二郎神，威武肃穆，气氛森严，谁也不会想到我会藏在这里。我找了个时机，偷偷溜进殿去。住在殿里当然也不行，我得住到二郎神的神像中去。这座二郎神神像是黄杨木雕成的，在背后有"装脏"的开口，里边是空的。装脏，是个请神明入像的仪式，人类认为他们所雕的神像，无论或木或石或铜或泥，都只是一具外壳，若要让其拥有神灵，必须得装入"五脏六腑"，一般是经卷、铜镜、符咒、历书、五谷等物件。我掏开二郎神背后装脏的入口进去，把铜镜、符咒等归置到一旁，再把干爽清洁的五谷铺开，就住了下来。其实在秦家的捕仙技中，是能根据味道追踪我们黄鼠狼的，但秦巨伯和李四每集吃一个黄鼠狼的肉，于是我的味道和这些味道混合在一起，秦巨伯也就闻不到了。

住到二郎神的神像中后，先来找我的是住在隔壁的土地爷。土地爷对他掌管的土地上的事情知道得真多，也很认真。他跟我说你住在二郎神的身体里，是冒犯和亵渎神明。我把我的经历和现在遇到的危险跟土地爷说了，土地爷连连叹气，但还是劝我出去。我跟土地爷说，其实二郎神的牌位肯定是空的，二郎神并不会来，因为这座山肯定也不是二郎神开的。既然这个牌位上没有真神，我也就没有冒犯和亵渎神明。土地爷是个老实人，说，还真让你说中了，这个牌位香火虽多，但确实是空的。土地爷也是个好人，说那你就住在这儿吧，但不能在此解手。我连连感谢土地爷。不光感谢土地爷，也要感谢老白，因为说起来我对牌位的见识也来自陪着老白去找牌位的经验。

第二个来找我的是老白。有天夜里，老白附在李四身上来跟我谈。我以为他是来关心我，谁知竟然也是劝我离开二郎神的神像。他说你不是仙，不能住在仙殿，而且是正殿。我很伤心，毕竟跟老白也夫妻一场。我说我现在腿脚不便，离开二郎神的神像，我不出一月，不是被苍鹭捕食，就是被秦巨伯捕住。你是要眼睁睁看我去死吗？老白说他知道一些地方可以避难。我摇摇头说我哪儿也不去，这个地方就是避难最好的地方。老白叹息一声，说你住在开山鼻祖二郎神的神像里，被神灵知道是要怪罪的，我作为这一带的黄仙首当其冲。咱们夫妻一场，你不会想着连累我吧？到这个时候，我对老白

109

彻底死心了。我说你又不是不知道，这个牌位上根本没有什么神灵，怪罪从哪里谈起？老白说今天没有，以后有没有谁知道？我说老白你这些道理再也说服不了我了。我就是要在这里住下去。老白悻悻地离开了李四的身体，回去了。李四被附体了一会儿，头晕目眩，歇了好一会儿才缓过来退出了正殿。

　　住在这里，除了能避难，吃得也好。这座山神庙，正殿供奉最多。那些香火我自然享受不到，但是送来的鸡鸭鱼肉却使得我不用总冒险出去捕食，而且这些烹熟的东西，比茹毛饮血美味得多。后来老白又附在李四身上来过几次，我不再与其搭话。但老白毕竟是这一带的黄仙，虽不能说是神通广大，但也确有些神力和手段，他感觉到了我的心思，那就是报仇。他甚至也预见到了些什么，因为他后来在秦巨伯孙子秦朔望百岁的时候给李珠托了个梦，让李珠劝说秦巨伯不要再捕仙，否则会遭报应。这不是老白告诉我的，而是李珠在托梦那天的早晨来正殿拜山神的时候一五一十念叨出来的。我在神像中听见了。我就此质问老白，为什么要托这个梦。老白说为了我，说要成仙就要放下之前的羁绊。如果秦巨伯停止捕仙，尤其是不再捕你，这环环相扣的冤冤相报或许也就解了。我说你都是仙了，你看不出来秦巨伯不会停止捕我们族类，尤其是不会停止捕我吗？老白说即便他自己是仙，也会有枉费心力的时候。不过，老白又说，我劝不动秦家，希望能劝动你，你要放下报复念，生起慈悲心，早日讨封成功再寻个牌位成仙比什么都重要。成了仙，过往皆成浮云。我说我最爱看的就是浮云，浮云着我意，片片润我心。我跟秦巨伯是你死我活的关系，他不会放弃捕猎我，我不会放弃报复他。老白接下来出了个让我目瞪口呆的主意，他说让我择机讨封，讨封成功后主动让秦巨伯捕到，浑身上下内外都为世间增益，然后他在牌位上为我留出半个位置，我们就做对逍遥自在的神仙夫妻。老白成功地把我气笑了。我说老白，道不同不相为谋，一个给人托梦都要雇四个黄鼠狼给自己抬着轿子去的仙，我不会再跟他有什么瓜葛。你做你的仙，我跑我的路。咱们就言尽于此吧。老白被我讥讽得也有些恼火，我们也就断了来往。

庙中岁月，说慢也快。倏忽间四十载已过，我休养生息得差不多了，秦巨伯也到了花甲之年。虽然断腿无法再重新长出，但这四十年，我的心力和见识却在不断增长。每天我住在二郎神的神像中，听各种各样跪在神

像前的香客诉说他们隐秘的想法和心愿，这使我更深地
了解了人。准确地说，是更了解了人和人之间的关系。
他们每个人都觉得自己是对的，没有一个是来忏悔的，
都是在向神明索取与祈求。在神明面前，他们确实觉得
自己卑微渺小，但索取的时候又欲求无限。他们几乎每
个人都觉得自己理直气壮，很少有人愿意去理解和倾听
另一个人。他们是那样喜欢各说各话，那样巧言令色。
虽然这让我感到悲哀，但却让我觉得在跟秦巨伯的较量
中有了更大的赢面。他杀死了那么多黄鼠狼，却并不真
正了解我；我洞悉了那么多人心，那人心中却必定含有
秦巨伯的心。于是，这一年，我感觉时机到了。那么，
该算一算这笔账了。

　　算账的第一步，讨封。讨封成功了才能有些神通。
地方我选的是山神庙，人我选的是李四。选山神庙并非
想让老白护持，而是我熟悉这里。地熟为宝。选李四，
是因为我发现他跟秦巨伯虽然是亲家，虽然每集都在一
起吃肉喝酒，虽然看上去很热络，但是我看出来他们两
个人不是一条心。李四口口声声"亲家公"，秦巨伯从
来却只叫"老李"。李四在香客面前也能口若悬河，见
秦巨伯却只能唯唯诺诺。有次我看见李四目送秦巨伯走

112

远后，嘀咕了一句"什么东西"。还有次我看见李四往炖好的黄鼠狼肉瓮里啐了一口唾沫。如此，我去向他讨封，他若认不出来随口一答，我便成了；若是他认出来，以他跟秦巨伯的别扭劲儿，定会选择成全我。更何况，他庙里供着黄仙牌位，犯不上得罪黄族。我几乎立于不败之地。

那年八月十四夜里，是个大月亮地，到了后半夜，我从神像里钻出来，戴上一顶帽子——帽子不知道是哪个香客落在殿里的，一股汗臭味儿，这我能忍，比我们黄族的臊臭味儿差远了——走出殿外，走到一棵大槐树下，咳嗽了几声，李四果然从屋里开门出来了。我忙直立起来，把帽檐拉低，不等他走近，就问他你看我像个人吗？李四愣了一下，看着我，不说话，却继续朝我走。我心里有些发毛，知道被他看穿了。但我不能跑，一跑就前功尽弃。李四走过来，一直走到我跟前，揭掉了我的帽子，我仰起头看着他，他打量着我。忽然李四用手示意我走几步，我不明白他的目的，但只能瘸拐着走了几步，他示意我停住，过来给我戴上帽子，开口说道：

"什么叫像个人，你不就是个人嘛！"

113

说完李四背着手优哉游哉回屋了。

讨封成功了。我的感受就是又醒过来一次。上次在追逐一只野兔的时候醒过来，感觉之前的日子就像做了一场漫长的大梦；这次再醒来，又感觉之前的日子依然是一场大梦。上次醒来，欣喜若狂；这次醒来，却心如止水。又想，若下次还有再醒来的时候，会不会感觉现在还是一个梦？这个世界就是一个梦套着一个梦？我正浮想联翩的时候，老白过来找我了。因为我讨封成功了，老白见我就不用再附在什么东西上了，我已经看得见他的元神。老白元神的形状很可笑，是一顶轿子。老白说：

"白杜鹃，恭喜你讨封成功。"

这是老白第一次叫我白杜鹃。我说：

"老白，仅仅是来贺喜？"

老白也不隐瞒，说道：

"还有劝告。现在收手，放弃报复，还来得及。秦巨伯不会再传捕仙技。"

我说：

"但他会捕我。"

老白说：

"贪恋这具躯壳有什么意思？你看看我。"

说着老白元神的形状开始变化，先是变成了一朵白云，又变成了一枝白杜鹃，接着又变出了官帽、酒壶等各种形状。原来元神的形状是可以任意变化的。老白最后又变回一顶轿子，说道：

"白杜鹃，你已经醒了两次，是不是都像做梦？不抛掉这具躯壳，醒多少次就是做多少次梦，活得不真，也没有尽头。你得悟一次。悟，就是从一场又一场虚假的梦里彻底醒来。谁醒来谁就是神明。所以，找个牌位活吧，享受四方的供奉，享受神明的乐趣。"

我摇摇头说：

"老白，我见过的牌位也不少了，所有的牌牌都好丑，油漆涂面，烟熏火燎，顶好的是块黄花梨，大多是截胡桃木。李四擦你们五大仙牌位的时候用的是同一块抹布，擦完拧出的水都是黑乎乎的。我还是待在我这个躯壳里自由自在地好。"

老白说：

"你不好好说话。我也只能无可奈何了。"

说完老白坐着自己元神的轿子回到那好丑好丑的胡桃木牌牌上去了。我则直接出发去埋伏在秦巨伯赶集的山路上。这一天是八月十五，秋林染色，丽日晴空，山中幽寂，鸟鸣婉转，我藏在一处蓬草中，看见秦巨伯哼着小曲走来。他走路的样子越来越像黄鼠狼了，我却越来越像人，甚至已可幻化人形。真应了那句话，造化弄人，专挑命门。讨封成功，我已有了一些神通；秦巨伯走近我的时候，就见他海草帽上那缕四十年前捡到的我的毛发无风自动，向我招手；我的眼泪一下就掉了下来，皮之不存，毛将焉附；秦巨伯异常警惕，见白毛飘摇，立即停住不动，四下打量。我从一处林草的缝隙中一跃而过，闪过他的眼眶，然后就直接回山神庙神像中睡觉养神了。我知道秦巨伯会疑神疑鬼，心思不宁，我要的就是这个。我更知道晚上跟他较量需要更多的力气，就饱饱睡了一整天。

待我醒来，钻出神像，八月十五的月亮那饱满的清辉已照进殿来。真是美啊！真是透啊！透进骨头里，透进心坎里，好像把我全身上下里里外外都照得透透的。透了！透了！好像我的身体也被透成了一座小小的光明的殿宇。我透过窗棂向月亮望去，月亮上的山峰奔来眼底，清清楚楚。有那么一瞬间，我真想放弃复仇，真想就融化在这如水如银的月光里。罢了！罢了！但这时我听见从李四的炕房中传来他们喝酒吃肉谈话的声音，秦巨伯正在向李四告别。刹那间我又回过神儿来，直起身来，向月亮拜了三拜，就溜出了殿门，又越墙翻出了山神庙。

这时候秦巨伯已经踏上山路，我没有跟着他走，而是沿沟底坡边抄到前边山路上一个拐弯的地方候着他。候他的时候，我第一次幻化为人形。我幻化的是秦巨伯的孙子秦朔望。其实我本来想幻化的是秦巨伯的儿子秦祖佑。但试了几次，皆不成功。因为我体格较小，秦祖佑身材相较于我可算高大，我幻化为他后感觉空气稀薄，头晕目眩，心脏撕裂，四肢无力，盖因材质不对等也。我这才知道万物转换有其本质限制。幻化为秦朔望后，才算契合。不足处乃右腿仍跛。初次为人，颇为新奇。黄鼠狼伏地而行，若视中有物，除灰土树木，即鼠或兔，若观人或世界，大多时候需要仰视；为人则直立，拔地而起，如松如峰，视中有野，天地皆寓其中。尤其是空出的双手，刚开始觉得多余，马上就觉出有无穷可能和无穷力量。人类能捕杀我们，盖因双手也。直立爬行，殊不相同！

不及多想，已听见秦巨伯的脚步声，我忙闪身出来，自上而下俯看秦巨伯。秦巨伯自是警觉，也感觉到了我，抬头看来，并急冲两步，一时弄得我有些晃神，差点现出原形，这时我听见他对我叱道：

"这么晚跑出来做啥？我还需要你迎？"

这是对孙子的语气！闻此我心已安，他没有认出我来。我本来想先说几句话，但还没有开口，身体内一股积蓄已久的力量驱使我突然冲上前去，将秦巨伯扑倒在路边的草丛里。我的拳头如雨点般落下，秦巨伯自然想要反抗，我岂能让他得手，于是加大力道。只听秦巨伯吼道：

"你个好孙子，你这是为啥！"

我学秦朔望口音道：

"老杀才！前日你捶得我喘不动气，今天我非捶死你不可！"

这句话里藏着个计较。最近我为报复秦巨伯，一直在窥视秦家。前几天我倒吊在屋檐上看见秦巨伯痛捶秦朔望。秦朔望虽不语，但在深夜时，我却看见他拿一豆枕（枕头），当作爷爷秦巨伯痛捶，并说"我非捶死你不可"。

秦巨伯反抗不过，只捂着头。我继续痛捶他。忽然他大叫一声，伸腿瞪眼，口吐白沫。我当然看出来这是秦巨伯装死，但我也不点破他，继续捶，他因装死，只好硬挨。我本想在今夜就结果了他，了断这笔账，但忽然我感到神摇力竭，原形就要显现，于是知道神力不够了，便又骂了几句"老杀才"就跑开了。

刚跑出秦巨伯视线，我就现了原形，忙滚落向一条断壑，靠尾巴左缠右绕，不致急坠。缓滑至沟底，即瘫软在地。好险！倘若刚才我再贪恋一拳两拳，非被秦巨伯反杀不可。躺了三炷香工夫，我感觉我才又复原为自己。但依然骨肉酸疼，腹中绞痛，心神俱疲，头昏脑涨，就像是死过一回。这才知道老白以前为啥轻易不动神通，尤其是不幻化身相；也理解了老白为啥托个梦都找四个黄族子弟抬轿子，实在是他的力量还不够，不，以老白的狡猾，也很可能是保存实力。至此我彻底搞清楚了，什么神通，无非就是透支体力嘛。又休息了一炷香工夫，在天亮前，我瘸拐着溜回了神像中。

虽然因幻化伤了些元气，但我对这次伏击却是满意的。秦巨伯以人的方式捕杀我，我以人的形状先捶了他。不过，好戏还在后头呢！接下来几天我不出神像，以酣睡养元神。醒了就吃神像前的供奉。糕点瓜果，鸡鸭鱼肉，都有。养元神需要吃多吃好，但我不能吃得太狠，不能让李四起疑心正殿里供奉为何突减，所以我有时也到土地爷殿里吃上那么一两顿。土地爷殿里除常见的糕点瓜果鸡鸭鱼肉外，偶尔会有个猪头，还常有杜鹃花和酒；酒和猪头我不稀罕，但杜鹃花着实吸引我。说我去那殿里吃东西，莫不如说我去那殿里更想看看杜鹃花闻闻味道。土地爷那老头儿真好，不但不撵我，还总让我多吃点。而且这土地爷也有个神通，就是能把花的供奉转送给我。他只要一挥手，那花的味道就芬芳进我的肺腑。这么几次后，我身上黄鼠狼固有的臊臭竟然彻底消失了。土地爷笑眯眯地说我可能是从古至今第一个去掉了黄族味道的黄家女儿。至于五大仙殿我一次也不去。不光是因为老白，更因为他们五大仙之间常因有些供奉该归谁吵吵个不停，土地爷都调停不了。实在是丢人，不，丢仙。

八月二十大集这天，我已经恢复过来了。我耐心等到天黑，等到他们吃完肉喝完酒，秦巨伯告别李四踏上山路，我也急忙跟着上了路。这次我没有绕到前边去，而是潜行在旁边的草丛和树林里。非常好笑的是，我看见李四在悄悄跟踪秦巨伯。这哪像亲家，更像冤家。不过这倒也为我打了掩护，弄得秦巨伯不知道我在前还是在后、在左还是在右。秦巨伯跟跟跄跄，脚步虚浮，很不像他往常作为。不过这都在我意料之中，因为他想捕杀我，却不知我将如何报复他，于是他今夜一定会试探我。我也正想借机量出他的身长。

果然，秦巨伯假意醉倒在一棵树下。我顾不得李四的窥探，凑上前去，一星儿酒味都闻不到，原来这厮喝的是水；我走上前，用尾巴一尾一尾地量出他的身长后，便转身离开了。马上，我感觉到秦巨伯起身跟上了我；不用说，李四肯定跟在秦巨伯身后。

以我现在的神通，要摆脱掉秦巨伯易如反掌。但是我没有，因为这正是我要的。我诱引着秦巨伯，拖挂着一个李四，来到了密林深处的一个地方。这里已有三五十个身强力壮的黄鼠狼在等着我。讨封成功后，我也可以驾驭其他黄鼠狼了。我用尾巴在地上量出长短，指挥黄鼠狼照此开始刨坑。

这个坑，是为秦巨伯量身定穴。我也可以指挥黄鼠狼挖个更大的坑，但是我要让秦巨伯明白，这就是为他挖的。我在他给我的恐惧中活了四十年，现在也该轮到他了。其实，我虽给秦巨伯挖了坑，但并没有想好怎么才能把他埋进坑里。甚至，我还犹豫着，该不该真的埋了他。但是，如果不埋他，他就会捕杀我，真是可恼可恨也。不过，黄鼠狼复仇，有个没有法子时候的法子，就是换命。实在不行，我即用此法。

黄鼠狼刨坑，刨得树林中尘雾飞扬。我眯眼望出去，秦巨伯就在高坡上露半拉脑袋往下瞅，李四则猫在一处矮木丛里一会儿看秦巨伯一会儿看我。我看得他们清清楚楚，他们还以为自己藏得严严实实。真是好笑！我且不去理会他们，指挥黄鼠狼把坑刨好，就遣散了它们；我绕坑一圈看了看，非常满意，也就离开了。

走了以后，我又悄悄从另一边溜回来，爬到一棵树上，在密叶中看秦巨伯的动静。秦巨伯果然跳到坑里去试，不长不短，正是为他打造的墓穴。不光秦巨伯面露恐惧，就连那矮木丛里的李四也被吓得瑟瑟发抖。秦巨伯出坑后呆若木鸡般回了家，李四则跟斗流水地回了山神庙。更好笑的是，李四回到山神庙就把老白的牌子换到了正中。我回到神像中后，老白气势汹汹来找我，说是不是你捣的鬼，让李四把我搞到了当中间儿。我说我没有。老白那元神气得一会儿白一会儿红一会儿绿。我说当中间儿是主位啊，不是好事吗？老白说什么好事，胡仙大发雷霆，柳仙、灰仙、白仙更是嫉妒个不停，他现在很不好过。说到此，老白叹息道：

"当中间儿那主位不是我不想坐，但没有人家胡仙势力和神通大啊。德不配位，必有灾殃。"

我说：

"那你就让出来。"

老白说：

"我倒是想让，但牌牌在哪儿我就得在哪儿。这个李四，怎么当的庙祝！不知道等级高低有主有次吗？"

我说：

"这事儿跟我没瓜葛。你要想换，你去托梦给李四。我现在要睡了。"

老白没法子，当夜就找了四个黄鼠狼抬着他去托梦给李四，说自己不能坐主位，让李四换过来。谁知李四却以为是黄仙虚怀若谷，且神通广大，不广大怎么一换就显灵呢？不广大怎么还坐着四抬大轿呢？于是不但没换回去，第二天一早还削了块木托把黄仙牌位垫得更高了。老白元神差点被气冒烟。此为闲话，略过不提。

且说八月二十一这天夜里，李四又猫进了矮木丛，我则潜到密林中的一处草丛里。我知道秦巨伯一定会有所动作。秦巨伯来了，背着一扇剜出俩洞的门板，腰上系着一只老母鸡。我一看就明白了，这是猎人捕狼的惯用招式。他是想用捕狼的方式来捕我。秦巨伯入穴摆阵，等我上钩。既然这样，我也将计就计。我蹑出草丛，找到一只挂单的饿狼，放出一颗臭豆，驱使它来到密林中。我虽然身上已没有臊臭，但是我的臭豆还能用。黄鼠狼上身附体，靠的就是臭豆。狼来到密林中，听见鸡叫，就不用我驱使了。自己上前，伸爪入洞，自然被秦巨伯抓住，另一爪进去，又被抓住。这秦巨伯一使劲儿，就站了起来，背负门板和饿狼。这时候他已经知道上当了。我从树下的暗影中移出来，看着他。秦巨伯道：

"好！好！老白毛，我小看你了！"

然后就顾不上我了，他先得对付那饿狼的嚎叫。否则就会引来狼群吃掉他。我料定秦巨伯不敢弃狼而捕我，便走到坑里，把老母鸡的捆绳咬断，骑到老母鸡背上，不慌不忙驱使它背我走到坑外。我看着秦巨伯，看他怎么办。我眼角的余光也能望见李四，李四在矮木丛中石化得就像他山神庙门前那个碌碡一样。我知道他是不会现身来帮秦巨伯的。秦巨伯倒也有些办法，他先勒住狼，让它吃痛嚎叫到奄奄一息，然后就往回走，走到岔路的时候，他犹豫了一下，但还是没有去李四的山神庙，而是往家走了。李四忿忿回去了，知道秦巨伯不拿他当朋友。我则一直骑着老母鸡跟在秦巨伯身后，一直跟到秦家庄庄头，我才掉转鸡头走了。

秦巨伯回到家，让儿子秦祖佑从门板后帮忙把狼杀了。又让李珠把狼炖了，吃肉喝酒。不过，秦巨伯并不想送狼肉给李四。但李四吃到了。我怎么知道的呢？因为李珠第二天夜里偷偷给李四送来了一碗。送来一碗，当然是先送到二郎神神像前供一下，再送到李四的炕屋。我听见动静，从神像中跟出来，吊在屋檐上，听见李珠跟李四说了整个过程。然后就听见李四问：

"是你公公让你送来的？"

李珠难为情道：

"爹，他不让送，是我偷偷拿来的。你见了他可别说漏嘴。"

李四道：

"他为啥不让送？"

李珠说：

"他说你这庙人来人往的，怕走漏风声，惹王家小

125

庄打狼的王老三生气。"

李四气道：

"这不就是怕我多嘴吗？我不吃！"

李珠说：

"你这跟谁置气呢？我都跑九里地给你送下来了。你吃，他也不知道；你不吃，他也不知道。再说了，这头狼还是用我最能下蛋的那只老母鸡换来的。我心疼啊。"

说着流出了眼泪。我能看得出她是真爱那只老母鸡。那只老母鸡确实不错，我坐在上边的时候走得也很稳。我也喜欢那只老母鸡。

李四抓起筷子道：

"你说得对。我要不吃的话我不成嘟巴了嘛。"

说着开始吃起来，还不忘给自己倒了碗朱薯白。吃了几块，赞道：

"不糙。"

又惋惜道：

"可惜没放山楂。放把山楂进去就不这么柴了。"

李珠说：

"有这口吃的就不错了。"

126

顿了一下又说：

"爹，要我说，以后你别跟他吃黄鼠狼肉了。"

李四想了想，叹道：

"也不是我想吃，就是习惯了。现在我要突然不吃，他会觉得我跟他两心了。"

李珠道：

"两个人可不就是两心嘛。"

李四道：

"话是这么个话，理不是这么个理。不说这个了，说说他准备怎么对付白毛黄鼠狼吧。"

我忙支棱起耳朵。

李珠道：

"什么白毛黄鼠狼？"

李四道：

"他没跟你们说？"

李珠道：

"没有。"

李四道：

"他也没有跟秦祖佑说？"

李珠道：

"没有。他什么也不说。从来都这样。爹，什么白毛黄鼠狼？"

李四道：

"说来话长，我也就别说了。你该回去了，别让他起疑心，也让我安安静静吃顿狼肉。"

李珠回去了。我也回到了神像中。接下来秦巨伯会怎么干我也不想了。我就美美地睡觉和吃喝。我知道接下来的新一轮较量就在下一个大集。

八月二十五大集到了。我像往常一样，在神像中等到天黑，等他们吃完肉喝完酒，等秦巨伯上路，然后，我再出发。但是，我没想到，我跟秦巨伯却提前遭遇了。话说我正窝在神像中养神等着呢，突然，一股杀气从神像外渗进来，扑到我的身上。"何方神圣？"我忙弓起身子，探听动静，就见那杀气从殿外走进来，一步步走近，压得我喘不过气来。我感觉到这股杀气就是冲我而来，就在我想逃出神像的时候，忽然听见外边扑通一声，杀气也跟着矮了下去，有人跪到了像前的跪枕上。声音响起，竟是秦巨伯；原来他趁解手的工夫拐进山神殿祭拜祷告。秦巨伯道：

"山神大人在上，小人秦巨伯给您上香磕头啦！今天来见大人，是想求您一件事儿，最近山里有头黄皮子精为害乡里，也总捣鼓我，手段毒辣阴狠，还抢食乡亲们的老母鸡，今天夜里我要攮死它为民除害，望您成全。事成后再来孝敬大人！"

说完，他退出去了。我感到杀气顿减。但忽地想到，他说要攮死我，那肯定是带刀了！原来杀气从刀而来。那刀一定是杀了无数的黄族儿女，否则杀气不会如此之重。进而想到，若不是他来祷告，我今天夜里恐怕就要死在他的刀下！我一个战栗，才发现浑身已经汗涔涔的了。我赶紧在神像中也跪下磕了个头，说：

"二郎真君在上，白杜鹃给您叩头啦！您先前保佑了我，今天又再次救了我。您是个好心的神。从今天起，我就搬出去了，不再打扰您啦！"

说完，我钻出神像，把装脏的入口填好；下到地上，又到神像前拜了三拜，就出了神殿。

秦巨伯终于又上路了。李四又跟在后边。我潜行在一边的沟坎中看着他们，在暗淡的月光下，他们两个人真像一对拴在一条草绳上的蚂蚱。秦巨伯依然装醉，高一脚低一脚，这已经骗不了我，我估计现在他连李四都骗不了了。秦巨伯警惕地打量着四周，时不时还摸摸怀里，我猜那就是他藏刀的地方。他一直左顾右盼，等我送死。但知道他有刀在，今夜我怎会露头。

走出三四里地，见没有动静，秦巨伯已有些着急，往怀里摸刀的次数多了起来。又走出一二里地，秦巨伯已有些沉不住气了，我能听得见他牙齿打战，格格作响。"老杀才！我让你的杀心无处释放。"我正想着，突然先是听见脚步声，然后就看见山路上冒出来一个瘦小的身影，那身影看见秦巨伯，一下蹦跳起来，向秦巨伯跑去。啊呀！那正是秦朔望！我心说不好，正待上前阻拦，就听秦巨伯一声怒吼：

"老白毛，又来这一手！"

边吼边取刀猛地刺进秦朔望的心口窝儿，接着手腕又转，剜了一圈，只听秦朔望疼得叫了声"爷爷"就栽倒在地。

秦巨伯长出了口气，得意道：

"老白毛，叫爷爷也救不了你。"

我此刻心在狂跳，但只能忍住动静，伏在草丛中静观以待。只见秦巨伯摸出火石，擦燃，点上一支松明火把，向下照去，秦朔望软软地瘫死在那里。秦巨伯先是咦了一声，继而用手去探摸，从怀中摸出了两张写满大字的宣纸。"啊呀！"就听他大叫一声，惊恐万分。他已然发现了那就是他的孙子而不是我。我看见秦巨伯青筋暴起，手足无措，但接下来让我想不到的是，忽然他噗噗拼命吹气，吹熄了火把。这时秦巨伯身后树丛中枝摇叶动，一阵杂乱，随之一声怪啸传出，离他远去。秦巨伯恨声道：

"老白毛，你别跑！"

其实秦巨伯不知道，跑的不是我，是李四。李四也发现了秦巨伯捅死的就是他的外孙。他忍不住发出了痛苦的叫声，怕秦巨伯发现，就跑开了。跑了几步，见秦巨伯并没有来追，便又蹑了回来。我和他都在暗处看着秦巨伯如何处置。我看见李四的眼泪啪嗒啪嗒在掉，两拳紧紧握着。

就见秦巨伯愣了一会儿神，便把秦朔望装进了柳条筐背起来走，李四跟上去，我跟上两人。秦巨伯并没有向家走，而是一直走到了密林深处我给他挖好的那个墓穴。他把秦朔望的一件上衣脱了下来，然后到坑里用剜心刀又向下挖了一个小坑，把孙子埋了进去。暗处，我看得目瞪口呆，李四看得浑身发抖。

埋完后，秦巨伯又踏上回家的路，一边走一边把秦朔望的那件血痕斑斑的上衣撕出窟窿和挠痕，扔到了秦家庄附近的山路上，然后自己回家睡觉去了。李四木然地看到秦巨伯进了庄，自己失神落魄地回了山神庙。我没有再回山神庙，我在那墓穴里陪了秦朔望一个晚上。我躺在坑底，隔着泥土，还能感觉到他身体的温热。我对不住这个无辜的少年。早知道如此，我也就不复仇了。我甚至有了一个傻想：能否就这样算了？

当然已经不会就这样算了。这样想就是失算。秦巨伯通过血衣，把账又记到我的头上。他要报仇雪恨。这我不奇怪。奇怪的是李四竟然在大家四处寻找秦朔望的时候，没有报官，也没有告诉秦家，甚至连悲痛欲绝的女儿李珠也没有去讲。他就那样沉默着。人真是让我猜不透。我不知道李四在想什么，但秦巨伯的行动却是显而易见的。

料理完孙子的丧事，秦巨伯在家卧炕了十来天，我知道他在积蓄力量对付我。但没想到的是，他首先对付的不是我，而是又进山捕仙了。这次他捕的却不再是黄族的成年儿女，而是接连捕了十二个黄族的幼崽，锁进了笼子里。秦巨伯已经完全违背了他家传的捕仙规。他捕猎的时候，我都潜在他附近，有时想上他身附他体，但是却突不进他的戾气和杀气，那是一股强大的仇恨的力量，超过了我的神通。我无能为力，又心痛如绞。这时老白的元神又来呵斥我，说要不是我，不会死这么多黄族幼崽。不管谁错谁对，我都无言以对。我知道，必须得有个了断了。我要跟秦巨伯换命。

九月十五夜里，月亮又在天心圆了。我潜在附近一棵松树上，用从路边捡来的一根麻绳挽了个套，就等秦巨伯进了墓穴，我在树上吊死，然后指定他与他换命。秦巨伯来了，就见他携铁笼与门板来到墓穴旁，将铁笼扔进去，自己随后也跳了进去，又将门板合上，覆盖住全穴。秦巨伯还是那一套，以手捏我们黄族幼崽，幼崽一齐发出惨叫，树林里夜鸟四散惊飞。

到时候了！我把麻绳一头系在树杈上，套子刚要往脖子上挂，却忽然听见了什么动静，向下看去，却见是李四一手扛着一把铁锹，一手拉着山神庙那个碌碡走了过来。我正奇怪他来干什么，就见他把碌碡一下滚到门板上，自己也站到了一旁，压住后就开始往门板上铲土。我惊得险些从树上掉下去。就听秦巨伯从门板下喊道：

"老白毛，不，黄二太奶，是你吗？"

133

李四不回答，只奋力铲土。

秦巨伯道：

"你是哪位？咱们可有冤仇？"

李四不答。秦巨伯道：

"你到底是谁？你让我死个明白。"

李四不答，只死命铲土。秦巨伯忽然喊道：

"我知道你是谁了。老李，李四，亲家公，你为啥要杀我？"

清澈的月光下，李四依然不理会秦巨伯的问话。

秦巨伯道：

"亲家公，你是不是怨恨我用的是两心壶，每次给你喝的是孬酒，给我自己喝的是好酒。这不至于弄死我吧？"

李四开口道：

"不至于。老秦，你别以为人能瞒着锅台上了炕，我早知道你用的那个壶是两心壶了。吃你的肉，喝你的酒，你好我孬，公道，我认。朱薯白我也喝顺口了。别的我还不习惯。"

秦巨伯道：

"亲家公，那你就是怨恨我不给你引荐县城那些店铺商行的掌柜老板，这不至于弄死我吧？"

李四道：

"不至于。老秦，我当初问你就知你不会答应。"

秦巨伯道：

"亲家公，那你就是怨恨我一直不给你连心扣看。你说了多次，我心眼小，不想给你看。这也不至于啊。"

李四道：

"不至于。不就是个铁扣嘛。我不稀罕看。"

秦巨伯道：

"亲家公，那你就是怨恨我瞧不起你。这也不是死仇。不至于啊。"

李四道：

"不至于。我本就是没落子弟，又被女人骗了一道，活该被人瞧不起。"

秦巨伯道：

"亲家公，那到底是为啥啊？你不能让我稀里糊涂地死啊。这点交情咱们总还有吧？"

李四叹息道：

"老秦，你到现在还嘴硬。你不知道你身子底下埋的是谁吗？那不就是我外孙嘛！你捅死了我外孙，自己背到这个坑里挖坑儿埋的，你不会撂爪就忘了吧？杀人偿命，天经地义。"

秦巨伯道：

"亲家公，原来你一直跟踪我。"

李四道：

"我是怕你喝多了摔着才跟你一段儿。幸亏被我瞅见了，要不然也会被你蒙在鼓里。真是知人知面不知心。"

秦巨伯道：

"亲家公，朔望是你外孙，更是我孙子。论起来，也是跟我更近，我比你更痛心啊。再说了，你既然看见了，就应当知道我那是失手捅死朔望的。"

李四道：

"失手也还好说。可恨的是你失手了不当回事儿，谁也不说。"

秦巨伯道：

"我说了不就被县衙抓走了吗？我还怎么找老白毛报仇？"

李四道：

"现在说什么也晚了。你身子底下埋的是我外孙，压住你棺材板儿的是你以前常坐的碌碡。还有十二只黄鼠狼给你殉葬。你认命吧。"

秦巨伯道：

"好好好。老李，我该死。我认。但我还有一句话。"

李四停止盖土，说道：

"老秦，一辈子你没跟我说句实话。剩最后一句了，说吧，什么话？"

秦巨伯从门板洞口探出自己的连心扣，道：

"老李，你把这个连心扣替我转交给我儿秦祖佑。这是老秦家家传的营生，别在我手上丢了。"

李四上前弯腰取扣，却只听啪嗒一声，手腕被扣住了。李四急往回扯，却扯不动。秦巨伯道：

"老李，别扯了。这一头扣在我手腕上了。活扣在我这边，你那是死扣。"

原来这是个圈套。我刚才竟也没能看出。

李四道：

"亲家公，误会了。我刚才就是吓唬吓唬你出口气，咱俩搁了一辈子伙计，我怎么能把你埋了呢。你快解开这连心扣吧。咱们去庙里喝酒去。"

秦巨伯道：

"老李，咱俩搁了一辈子伙计，你骗不了我，你刚才不是吓唬我，你要是吓唬我，你就不会先取这连心扣了，你会先移开碌碡，再铲掉土，再掀开门板。你刚才叫它棺材板，我就知道你不是吓唬我。"

李四茫然无措，抬头看天，这时他看见了我，我不再躲避，蹲在月光里的松树上看着他。李四一时愣住。门板下的秦巨伯也感觉到了什么，问道：

"老李，是她来了吗？"

李四看着我，喃喃道：

"是她。"

秦巨伯高声道：

"黄二太奶，你走吧。我们两清了。"

是该解脱的时候了。我扔掉绳套，飞身到了另一棵树上，接着又是下一棵树，再一棵树。就这样，我在树与树，在月光与月光之间，飞跃了大珠山。

{十六}

石道人

李四为啥要拜石门寺的石道人为师呢？因为李四小时候被他治好过病。不过李四第一次听人叫他的时候，不是叫他石道人，而是石瞎子。石瞎子面容清瘦、双目凹陷，盘腿坐在石门寺禅房的一张石床上。如一块石头，没有表情。李四记得，他第一眼看见的是，石瞎子长长的手指甲里积满了污垢。

石瞎子年轻的时候并不是瞎子。他也不姓石，他姓李，叫李从鹤，是李家大庄人。不过，虽然李家大庄也是一族人开枝散叶，但这的确是个很大的庄，有两千多口人。李从鹤和李四的关系也早已出了五服。

李从鹤十八岁以前还是一个眉清目秀的青年。在他长到十八岁的时候，忽然一心求仙学道了。每天不是打坐修炼，就是云游四方，遍寻名师。按说即便是想求仙学道，大珠山不正是好地方吗？但这李从鹤却偏偏觉得这里不行，他先去了崂山，从崂山又去了泰山，从泰山又去了终南山。这山看着那山高，一山更比一山远。仙没求成，盘缠花了不少。

转眼间就过了十年，他不仅没有成仙，反而还把父母给活活气死了。人们都喊他败家子。

但他仍然痴心不改，坚持向别人宣称他是有仙机道缘的人，只是时机还没到。

仙缘总会到来的。他总是这样说。

话说这一年，他自蓬山云游归来，准备休整一段时日再出发。这一天，春光明媚，万物向荣。前石瞎子现李从鹤兼败家子走在墨水河边寻思去哪里才能早日得见真仙，忽见一风骨超然的道人飘飘走来。前石瞎子眼前一亮豁然开朗，他明白自己的仙缘终于到来了。他上前跪倒就砰砰叩头道：

"师父，弟子俺终于把你老人家等来了。"

道人微微一笑，绕过他继续前行。前石瞎子爬起来跟在后面苦苦哀求，诉说着自己这些年来求仙的决心和经历的波折。

道人好像被打动了。他忽然停下脚步，对前石瞎子道：

"我要过东海，去归墟。你如不怕吃苦，就跟着我走吧。"

前石瞎子大喜过望，因为他知道这就意味着师父已经收留他了。接下来就看他自己的了。而他对自己充满了信心。

前石瞎子连东西也没收拾就直接跟着道人上路了。

上路后，前石瞎子才知道道人说的吃苦绝非用来唬人的。这一路走来，道人走的都是荒无人烟的小路，遇水蹚水，逢山过山。而遇到村庄和城镇却必绕道而行。腿和脚还好说，前石瞎子仗着身强力壮，还能对付过去。苦就苦了肚子，叽里咕噜直叫唤。有时在路边也会遇到满树的累累野果，前石瞎子有心采两个果腹，但又怕师父这是在考验他，不敢妄动。

不觉走了已近一日。正值黄昏，彩霞满天。道人忽然立住。懵懵懂懂走着的前石瞎子差一点撞在他的身上。道人四处望了一下，又目不转睛地盯着小径边的一堆东西，自语道：

"好东西啊，贫道有口福了。"

前石瞎子低头望去，不禁一阵恶心。哪里是什么好东西，那分明是一堆黄澄澄的大便嘛！

只听道人对他说道：

"想必你也饿了，我们就一起享用吧。"

前石瞎子干呕还来不及，怎么会有胃口，急忙摆手道：

"俺不饿！俺不饿！"

道人微微一笑道：

"那我就一个人享用了。"

说着就蹲下身来，津津有味地吃了起来。

前石瞎子对道人的怀疑就是从此时开始的。因为在他求仙学道这些年来，虽还未参透玄机，倒也见过几个奇人异士，在肚子里计较一番，均觉与这个道人有某种差异。退一步想，即使要考验他前石瞎子的诚心，也不必用大便嘛。"道在屎溺？蒙谁呢！"前石瞎子暗自摇头。

但前石瞎子是个好奇的人，他决定继续跟下去，看看这个道人到底是什么来头。于是他自去路边摘了几个野果子吞了下去。

道人很快也将那一堆东西享用完毕。他站起来，拍拍手，高声道：

"谢啦！"

前石瞎子四周看看，除一地野花，并无他人他物。

一行二人继续上路。

太阳升起来了，放射着万道光芒。前石瞎子和道人依然走在荒径野路上。

走啊走啊走啊走。

已经能够闻得见从东海方向吹来的海风的气息了。

前石瞎子筋疲力尽地跟在道人后面。他有些佩服这个道人了。赶了一夜的路程，道人依然神采奕奕，和前石瞎子刚见到他时一样衣袂飘飘。

道人忽然立住，道：

"又有送吃的来了。"

前石瞎子四下瞧瞧，并无人来。

顺着道人的目光往下瞧去，前石瞎子又是一阵恶心。

一群屎壳郎分开草丛走了过来。

道人点起了一堆火。屎壳郎自动走了进去。

道人又一次邀请前石瞎子共进早餐。

前石瞎子当然不吃。但这次他没说不饿，他说：

"师父，俺不吃这个，俺吃点野果子就中了。"

道人也不多让，一个人蹲在火堆边吃了起来。

前石瞎子对道人越发怀疑了。在他接触到的那些奇人异士中，都是要么不吃，要么美酒佳肴。难道这道人在修炼什么大法，必须吃污秽之物？这又是何苦来哉？

道人很快吃完了。他站起身，又高声道：

"谢啦。"

前石瞎子四下望望，只有几棵树，站在荒野中。

浩渺无边的东海终于展现在前石瞎子的眼前。这时他还不知道这将是他最后一次见到大海。

东海海面波澜壮阔。道人带他来的地方，是处荒无人烟的海岸。远远望去，不见有船只驶过。只有几只信天翁高翔。

前石瞎子一屁股坐在海边。除却疲惫失望，他甚至有些幸灾乐祸的感觉。他知道在这样荒无人烟的海边是无法渡过东海的。"归墟？归家还差不多。又看走眼了。骗子！"前石瞎子眼睛乜斜着道人，有些恼火。

道人看了看东海。就像看一座池塘一样。

他从口袋里掏出了一根红线，抛进了东海。

那根红线笔直地落在了海面上。坚硬得像一根木棒。

道人对前石瞎子说：

"你先上去吧。"

前石瞎子当然不肯上去。其实在这一瞬间，前石瞎子的心里波翻浪涌，不亚于东海海面。以他多年来的见识，他当然知道眼前的道人绝非寻常之辈。但他却也不肯拿自己的生命来做赌注。他知道世上有很多幻术，眼前这道人也许就还是在欺骗他。即便不是欺骗，他也无法确定这道人的道行是否有能力让他渡过东海，去那个只是口口相传的却谁也没见过的什么归墟。就这样死在东海是连个水漂也打不响的，更不用说享受仙界的逍遥自在了。

道人叹了一口气，道：

"那我就一个人走了。"

道人刚踏上那根红线，前石瞎子却忽然就什么都明白了。他以前从来没有这么明白过。他大声叫道：

"师父，弟子愿跟您渡海。"

道人摇了摇头，衣袖一挥，踏线而去，风驰电掣，消失在海天之际。

前石瞎子一个人沮丧地踏上了归途。像他这样修行多年的人当然知道仙缘一失，永不再来。他苦苦等待的机缘竟然就这样化为泡影，他心潮难平。

前石瞎子急急地向回走。因为还有两个疑问横梗在他的心头，那个道人吃的到底是什么？

前石瞎子现在已经十分明白，那个道人吃的绝不是大便和粪球。

前石瞎子很快就走到了道人吃粪球的地方。他蹲下去，不禁苦笑了一下，哪里是粪球，分明是栗子。不过现在只剩下了栗子皮。他忽然记起来，这里是有几棵栗子树的。

前石瞎子四下望去，旷野无踪。

那些树呢？

前石瞎子长叹一声。他比谁都明白，那些苦修多年的树抓住了他没有抓住的机缘。

前石瞎子把那些栗子皮拢起来揣在了怀里。

现在他只剩下一个疑问了。

他怀揣着栗子皮和悲哀继续回返。

前石瞎子回到道人吃大便的地方时恰也是个黄昏。千万朵彩霞在西天开得正盛。他无心理会这景色，急急地伏身到大便处观察。那些类似大便的东西已所剩无几，只有颜色依然未变。

　　前石瞎子伸出右手食指沾了一点，送进嘴里舔了舔，竟然甘甜无比。这分明是无上的花蜜。前石瞎子自然联想起这是春天，花儿正是开得最美的时候。这样想着，他四处望去，周围的景象让他大吃一惊——来时的那些盛开的花儿消失了。

　　只剩下了一地的青草。

　　前石瞎子急火攻心仰天长叹：

　　"俺真是瞎了眼啊！"

　　前石瞎子的话音刚落，他一生中的黑夜就永远地到来了。

　　前石瞎子现李从鹤兼败家子的时代结束了。

　　石瞎子的时代开始了。他瞎了。

　　一天早晨，李家大庄的人们看见失踪多日的石瞎子跌跌撞撞地从村外走来。那个时候人们还不知道石瞎子已经瞎了。人们以为他又出外访仙回来了。

　　石瞎子跌跌撞撞走到村口，听到人声，问道：

"请问各位大叔大婶，墨水河边的李家大庄离这儿还有多远？"

他的乡亲们大惊失色。

一老者上前伸出五指在石瞎子面前晃了晃。石瞎子没有反应。

于是人们知道石瞎子已经瞎了。石瞎子双亲已死，没有兄弟姊妹，李家大庄族人正发愁如何处置，石瞎子却让大家无须为他担心，把他送到石门寺即可。族人把他送到石门寺，石门寺方丈本不想留他，因石瞎子求道之心虽好，舍近求远之见却差，从根儿上来说，瞧不上石门寺，瞎了倒想来占便宜了。石瞎子却胸有成竹，对石门寺方丈道：

"我虽未成仙，却已有些仙方。你不留我，是你吃亏。"

又说：

"我年轻时不信你，只因你常年咳嗽。你修道多年，连自己咳嗽都治不好，让我怎么信你？"

气得方丈就要把他赶出去。石瞎子道：

"我现在倒能给你治好。等给你治好，看你留不留我。"

石瞎子用那沾了一点花蜜的食指给方丈搭脉，又开出一剂汤药，加了一丁点儿捡到怀里的栗子皮，方丈服下去，好了。果然就留下了他。他靠那点儿栗子皮和那根沾了花蜜的食指成了远近闻名的石道人。后来又开始行医卜卦，风水堪舆，几乎无所不通。

李四小时候见到石瞎子是因为他的小腿上长了一个疮，一直不见好。李四记得，石瞎子盘腿坐在石床上，伸出瘦得吓人的那根食指在他的小腿处点了点，又给了一服药。那疮果然就好了。后来李四拜师，就是这个因由。不过李四也一直听闻有个传说，就是石道人的瞎是假的，曾有人看见他偷偷在屋里翻医书和卦书。石道人临死前，是李四服侍的。李四问：

"师父，您那捡的栗子皮还有吗？"

石道人道：

"二十年前就没有了。我用的都是新捡的。"

李四大惊道：

"那能灵吗？"

石道人道：

"信则灵。"

李四又问：

"师父，您手指这神力能传给别人吗？"

石道人道：

"我说我能传给你，你信吗？"

李四想想，摇头道：

"不信。"

又问道：

"师父，我还有最后一件事，您这瞎是真瞎还是假瞎啊？"

石道人道：

"你觉得呢？"

说完，闭上了眼睛。

李四道：

"咳！白问。"

{十七}

无头案

李家大庄李四这一代，百十来个子弟，其实要选所谓没落子弟怎么轮也轮不上李四。但为啥选上他了呢？因为他家发生了大珠山到李四这一代以来最大的一个悬案。这个悬案被称为无头案。即便是李四后来跟秦巨伯一起神秘失踪的那宗案子，也没能超越无头案之奇。

发生无头案的那一年，李四十五岁。

李四他爹，叫李清义；李四他娘，叫赵杨枝。无头案，由他俩引发。

无头案发生在除夕夜。那年除夕下了好大的一场雪。到入夜时停了。

李清义估摸时间差不多了，吩咐老婆赵杨枝生火下箍扎。他自己去厢房拿了一挂鞭炮出来，等箍扎出锅就放。

李家大庄的年俗，箍扎上炕，有鞭就放。一年就这样噼里啪啦过去了。

赵杨枝干活很利落。箍扎一会儿工夫就出锅了。

李清义喊上儿子李四挑了鞭炮一起出去放。临出门的时候他对赵杨枝说道：

"箍扎盛上三碗给娘送去，一碗敬天，一碗敬地，一碗敬祖宗。少不了的。"

李清义今年买的鞭炮很好。响亮、干脆。一个废炮都没有。李四很失望，本来还想捡几个零星来放，炸炸屎花儿或炸炸老鼠窝；但李清义很满意，他觉得这是一个很好的兆头，来年也许可以多打几石粮食。李清义怀着这个丰收心愿回到屋里时，却发现赵杨枝连出门的意思都没有。

换作往日，赵杨枝不送也就不送了。可今天不行。今天过年。李清义觉得无论如何也得给娘送上三碗箍扎。李清义低声劝道：

"你得去送。你不送别人会笑话我们的。"

赵杨枝不动。

李清义道：

"不就三碗箍扎嘛。"

赵杨枝还是不动。李四气愤道：

"我去给奶奶送。"

"不，我去。"见李四要去送，赵杨枝忽然又愿意了，起身提上三碗箍扎出门去了。

李清义看着赵杨枝的背影心满意足地笑了。他觉得他初一上街拜年不用太难堪了。他倒上了一杯朱薯酒，慢慢喝着。跟李四一起等赵杨枝回来吃箍扎。

李清义喝得很惬意。他没有什么不满足的。他跟赵杨枝生了四个孩子，活了俩。李四是第四个，所以就叫了李四。李四上头有三个姐姐，但夭折了两个，活下来的是第三个，叫李三嫚。三嫚已经嫁出去了。李清义想着今年麦收以后就该找人给李四做媒了。日子不紧不慢，都挺好。但要说哪儿不如意，也有，他觉得对不起娘。但娘又是不会怪他的。娘早就跟他说过，娘啥也不怪他。

唯一要堵住的是庄里族人的嘴。毕竟像他这样把自己的娘赶出去住的人奇少。可这能怪他吗？是赵杨枝把他娘赶出去的，又不是他。赵杨枝说了，老婆和娘只能选一个。李清义很想问问那些在背后笑话他的族人，让他们选择老婆和娘，他们会选谁？

李清义选择赵杨枝的理由很充分：一、白天赵杨枝可以帮他干活；二、晚上他可以干赵杨枝；三、他得和赵杨枝过一辈子，而他娘再活也不过十几年了。

李清义知道背后人们都笑话他怕老婆。他自己也反复想过这个问题，最终得出的结论是不怕。或者用另外一句话说就是，他想怕就怕，他想不怕就不怕。这能算怕吗？结论也是不怕。李清义很满意自己的结论。他边琢磨心事边喝，喝得很慢。李四在边上等不及，就靠在炕头的被卷上睡着了。

李清义喝到第五杯酒的时候，赵杨枝还没有回来。他觉得应该出去看看。因为他喝五杯酒的时间赵杨枝可以来回五次娘住的小草屋了。

李清义走到院子里。借着雪光，他看见赵杨枝跪在院子里的雪地上。但赵杨枝的头没了。三个盛箍扎的空碗在筐筥里。筐筥在雪地上。

李清义体内的那五杯酒全化作汗流了出来。他围着赵杨枝转了五圈，弄明白了这是真的。是无头的赵杨枝跪在院子里。而且无头的身子竟然不倒，跪得直直的。

李清义不知道该怎么办，他第一次遇到这种事情，想起来小的时候不知道怎么办的时候就哭。虽然他很多年没有哭过了，但张了张口，还是哭了出来。李四听到爹在哭，惊醒了，奇怪地跑出来，看见无头的娘跪在雪地上，虽然他很气娘总是欺负奶奶，但死是件更大的事情，他也忍不住哭了。

四邻八舍的族人们很快赶了来。没有人知道怎么办。因为没有人遇到过这种事情。有人提议找头，有人提议报官。于是有的找头，有的报官。正乱作一团，头回来了。是赵杨枝娘家的人提着赵杨枝的头回来了。

谈论一番，大家终于弄明白了，大约就在李清义发现无头的赵杨枝时，赵杨枝的头跑到了她娘家的供桌上。事情好像是弄明白了，其实还是没有弄明白。赵杨枝的头是怎样掉下来的呢？赵杨枝的娘家在山那面的千家村，离李家大庄三十多里地，头即便掉下来，又是如何飞过去的呢？

吵吵不出什么，大家都静下来，看着李清义。李清义喃喃道：

"我让她给俺娘送籍扎，等了好久不回来，俺就出门看看。谁承想！"

忽然惊道：

"俺娘？难道是俺娘？"

人们都看见了地上的那三个空碗。不约而同地想到了最后一个见到赵杨枝的人应该是李清义他娘。大家急忙赶向李清义他娘的草屋。

李清义他娘的草屋里果然有三碗籍扎，两碗在昏暗的供桌左右，一碗在李清义他娘手中。李清义他娘惊讶地看着拥进小草屋来的这些人。小草屋晃晃悠悠，都快被挤破了。

李清义开门见山道：

"娘，是不是你杀了杨枝？你跟她不和也不能杀她啊！"

李清义他娘呆呆地看着儿子，颤巍巍道：

"儿啊，你在说啥，娘听不懂。"

李清义道：

"你儿媳赵杨枝死了！赵杨枝来给你送籍扎，把头送没了。你说这是咋回事？"

李清义他娘说：

"儿啊，杨枝没来给我送什么箍扎啊。"

　　李清义指着娘手中碗里的箍扎道：

　　"你还抵赖！这不是杨枝给你送的箍扎是什么？"

　　李清义他娘说：

　　"儿啊，你们的箍扎馅儿是啥？"

　　李清义道：

　　"猪肉白菜的。"

　　李清义他娘说：

　　"我的好儿啊，那你掰开娘的箍扎看看是什么馅儿。"

　　李清义掰开一个，皮子里面是麦麸子，再掰开一个，还是麦麸子。

　　李清义他娘说：

　　"娘哪有钱买白菜买猪肉啊。就这麦麸子，也还是从我豆枕里掏的。"

　　草屋里抽泣声响成一片。李四羞愧不已，低头转身逃出了奶奶家。

　　赵杨枝没有把箍扎送给李清义他娘。她把箍扎送到哪里去了呢？大家哭完，就找箍扎。

　　找到了。

一碗在李清义家的狗窝里。十二个箍扎呈倒扣的碗的形状堆在狗嘴旁边。那条瘦得只剩下骨头的狗，却一个也没吃。一碗在牛棚里，十二个箍扎呈倒扣的碗的形状堆在牛槽里。牛嚼着干草，却一个也没吃。一碗堵住了一窝老鼠洞口，十二个箍扎，不多不少，老鼠也是一个没吃。

见此情形，赵杨枝娘家的人把人头撂下就走。低着头，像做错了什么事。

李清义叫住他们：

"哎，哎，你们说，这可咋办呀？"

他们头也不回，只撂下一句话：

"该咋办就咋办。我们不管了。"

初一天亮后，李清义又接到噩耗：他娘上吊死了。就那麦麸子箍扎娘也是一个没吃上。族长痛骂了李清义一顿，并严禁赵杨枝入李家大庄的祖坟。李清义只得把她埋到了孤坟岗。之后，李清义不再喝酒，头也抬不起来，干活也没了力气，蔫蔫地活到了夏天。这年夏天暴雨不断，墨水河发了大水，一天李清义就跳进了大水，滚滚不知所终了。

这就苦了李四，因为他农家把式还没学会，行商坐

158

贾更是不灵，投奔姐姐就得受人白眼。没着没落时，恰好这一年山神庙的庙祝死了，族长就赶紧指派李四去了山神庙。因为李家大庄族人对李四家的无头案一事避之不及，觉得太过丢人，就想尽快把李四打发出去。

这无头案虽然报到了县衙，却一直没破。因为实在无头无绪，无从破起。就成了悬案。尤其是一直悬在李四心里。他拜石道人为师后，有次曾问道：

"师父，我家那无头案是怎么回事呢？"

石道人慢条斯理道：

"你觉得呢？"

李四被问住了，又不能不答，窘道：

"我觉得，我觉得……"

石道人截住说：

"你觉得是啥就是啥。有些事不必问，有些话不必说。"

李四心道：

"唉！白问。"

杨氏女

杨氏女咽气前，把填末儿和油旋儿的做法教给了儿媳李珠。教完，拉住李珠的手，眼泪汪汪，欲言又止。

李珠说：

"娘，你是不是还有话要说？"

杨氏女点点头。

李珠说：

"你说吧。我听着呢。"

杨氏女道：

"你去看看外边有没有人。"

李珠心想，都什么时候了还怕人听。杨氏女看出李珠的心思，道：

"我是怕害了你。"

李珠出去看了看，没有人。又回来关好门，拉住杨氏女的手，说：

"没有人。说吧。"

杨氏女说：

"有件事儿，本来想烂在肚子里。但是这件事不说我好像死不了，所以只能跟你说了。"

李珠点点头。

杨氏女说：

"我觉得我爹是被秦巨伯毒死的。"

李珠骇得捂住了自己的嘴，说道：

"这可不能乱说。"

杨氏女道：

"哪能那么巧，我们要走，我爹就害了肚子疼？"

李珠道：

"肚子疼也正常。"

杨氏女道：

"可是走前我爹跟他喝了酒。"

李珠道：

"他喝了没有？"

杨氏女道：

"他喝了。我也喝了。"

李珠道：

"这么说的话酒里没东西啊。"

杨氏女道：

"我本来也是这么想的。可是后来有一天我发现他那酒壶是两心壶。"

李珠道：

"两心壶？"

杨氏女道：

"对。一个壶，能装两样酒。你说，秦巨伯是不是装了毒酒和好酒，我爹喝的是毒酒，我跟他喝的是好酒？"

李珠想了想，摇摇头说：

"娘，不能够。你想多了。"

杨氏女道：

"是我想多了？"

李珠说：

"肯定是想多了。"

杨氏女道：

"但愿是我想多了。"

又说：

"其实是不是也不紧要了。我就是不说出来总死不了，憋得慌。现在好了，我走啦。"

说完，杨氏女死了。这件事儿李珠觉得实在骇人，而且她也不大相信，便从没跟人说过。不过，就是想说，她也找不到什么人说。但那两心壶她很感兴趣，找了个机会偷偷试了一下，果然。她把两心壶去跟李四说了。李四愣了一下，说：

"这壶只在戏文里听过，没想到还真有。"

{十九}

压箱底

这是秦巨伯给李四讲的最后一个黄鼠狼故事。

从前，大珠山有一只黄鼠狼，得了白驳风。全身的毛发都白了。它不知道这是白驳风，别的黄鼠狼也不知道。都以为它修仙修到了"万年白"。有黄鼠狼告诉他，接下来就是讨封了。讨封若讨成了，就算修成了。这只黄鼠狼很听劝，就去讨封。它苦练了很久，才把讨封的那句"你看我像个人吗"练成。它去讨封的地方是大珠山的石门寺。一天夜里，它戴了顶荷叶，到了石门寺，看见一个正在扫地的老道士，就立起身来跟老道士说：

"你看我像个人吗？"

这老道士郁郁不得志，扫了一辈子地，心里有火发不出，见有黄鼠狼来讨封，没好气地说：

"滚！你个臭东西！"

毁啦！踢蹬啦！因为这黄鼠狼早就听说了，只要讨封不成，全身的毛儿就重新变黄，得从头再来。但是它滚出石门寺以后，却发现自己还是白的。这是怎么回事？难道是自己修行的功德太大，不用从头再来？黄鼠狼按住心头狂喜，没有跟任何一只黄鼠狼说。它又捡了一顶草帽，在一个夜里，到了麻衣庵。麻衣庵有位尼姑半夜起来照看香火。黄鼠狼就立起身来对她说：

"你看我像个人吗？"

这位尼姑刚入庵不久，看见有黄鼠狼向自己讨封，满心欢喜。她说：

"像。像。你真像。"

黄鼠狼血往上涌，头脑轰鸣，瞬间眼前金光闪闪，一片光明，成啦！它就这样成仙了。

李四问道：

"这也能成？"

秦巨伯答道：

"这也能成。"

李四道：

"怪有意思的。还有吗？"

秦巨伯道：

"没有了。故事讲完了。这是我肚子里最后一个黄鼠狼故事了。"

附录：《搜神记卷十六·秦巨伯斗鬼》

　　琅琊秦巨伯，年六十，尝夜行饮酒，道经蓬山庙，忽见其两孙迎之。扶持百余步，便捉伯颈着地，骂："老奴，汝某日捶我，我今当杀汝。"伯思惟某时信捶此孙。伯乃佯死，乃置伯去。伯归家，欲治两孙。两孙惊惋，叩头言："为子孙，宁可有此？恐是鬼魅，乞更试之。"伯意悟。数日，乃诈醉，行此庙间，复见两孙来扶持伯。伯乃急持，鬼动作不得。达家，乃是两偶人也。伯着火炙之，腹背俱焦坼。出着庭中，夜皆亡去。伯恨不得杀之。后月余，又佯酒醉夜行，怀刃以去，家不知也。极夜不还，其孙恐又为此鬼所困，乃俱往迎伯。伯竟刺杀之。

后记：嘴是心灵的呼救

人生中相当一部分问题来源于沟通不畅。

中学某天，操场上，听见学生甲问学生乙：

"同学，你哪个村的？"

学生乙答：

"我是我那个村的。"

一言不合，两人立即扭打在一起。

多年以后，听说学生乙因事犯案被判了几年。

我有一友名曰龙少。

某日我问他：

"巴黎奥运会开幕式你觉得怎么样？"

龙少答：

"我觉得北京奥运会特牛。"

有次跟我的学生陈学一吃饭，上来一菜我不识，问学一：

"这啥菜啊？"

学一答：

"这菜很好吃。"

有次跟我一个朋友一起吃饭，服务员问他：

"先生，您的矿泉水要常温还是冰的？"

朋友答："随便。"

服务员面上没有，但我看见他在心里翻了个白眼。

这样随便的客人不少，以至于某个饭馆推出了一道菜就叫随便。

有次吃饭，问一厨师：

"你炒的菜为啥都这么咸？"

厨师答：

"我炒的菜一直都这么咸。"

有次问一个朋友：

"你到北京出差几天了？"

朋友答：

"好几天了。"

一群人站电梯里，半天才发现电梯不动，因为并没人按楼层，都以为别人按了。这是隐秘的角落里经常发生的沉默的真相。

一对夫妻驾车高速路，丈夫驾车，妻子后排，进加油站加油后继续前行，一百多公里后丈夫才发现把妻子落在了加油站。

匪夷所思吗？真事儿。新闻可查。

有个摆件，叫"三不猴"。三只猴子，一只蒙眼，一只捂嘴，一只遮耳。不看，不说，不听。好多人书房里都摆着。说是智慧。

是智慧吗？

作家刘震云一直关注说话，想让他的主人公找到"说得着的人"。

《一地鸡毛》《一腔废话》《一句顶一万句》《一

日三秋》，一路找下来，刘震云感叹：

两条腿的人遍地都是，说得着的人千里难寻。

我曾问刘震云：你最喜欢的事情是什么？

刘震云答：一个人静静地想心事。

智慧如刘震云，也没找到那个能说得着的人。

作家莫言，原名管谟业，笔名定为莫言，其意自明：少说话。甚至不说话。

少说话甚至不说话包含两层意思：一、不想说话；二、想说话但提醒自己要少说话。

莫言洋洋洒洒写言千万，终究还是没有走向笔名而是走向了笔。

我去剧组拍戏，现场经常听到所有人都在问的一句话是：

"我们到底在等什么？"

古时，有个人在异乡做生意，遇到一个来自故乡的同乡。

同乡说：

"老兄，你尽快回家一趟吧。"

这人一愣，看着同乡，知有事，不知何事。

同乡又说：

"回家的路上就别看戏了。"说完走了。

这人伏地大哭。旁人问哭啥，这人答：

"我这老乡是告诉我，父母中有哪一个过世了。"

旁人问是父还是母。

这人答：

"这他倒没说。"

旁人问：

"你咋不问一下？"

这人答：

"他不说，我咋问？"

又气愤地说：

"我若问了，岂不失礼？"

说完爬起来回家奔丧去了。路上一会儿哭母亲，一会儿哭父亲。生怕哭错了。

《论语·阳货》中：孺悲欲见孔子。孔子辞以疾。将命者出户。取瑟而歌，使之闻之。

此篇无数人解。但至今无正解。

民国，某传教士来中国，请泥瓦匠刷墙。

传教士问："多少钱？"

泥瓦匠答："先生，你这个墙很难刷。"

传教士："那麻烦您了。多少钱？"

泥瓦匠："得需要好几天。"

传教士："好的。多少钱？"

泥瓦匠："我还得请俩帮手。"

传教士："好的。多少钱？"

泥瓦匠："这几天还下雨啊，真不好刷。"

传教士："……"

泥瓦匠："……"

中国影视剧喜欢用误会做戏。明明一句话就沟通明白了。偏不。让误会至少造成两集剧情。

误会的主理人是沟通。

误会能不能做戏？能。必须以沟通为主题，不能以误会做手段。

哪天中国的影视剧误会少了，水平会提高一大截儿。尤其是剧集。

剧集用误会做手段的多，做主题的少。

电影用误会做手段的少，做主题的多。

以沟通为主题的电影，科恩兄弟的《血迷宫》最好。讲人与人的疏离。文学性、戏剧性到极致了。张艺谋导演改编为《三枪拍案惊奇》的时候，取其人物关系变化之形，未用其人物关系疏离之神。热闹似乎是更热闹了，但没了门道。

会看的看门道，不会看的看热闹。看热闹的虽然看不出门道，但你得有。没有，热闹就成了闹腾。闹腾不好看，因为闹心。

一个没有宗教信仰的人，进了庙和教堂，大多也都保持肃穆。因他知道这里边有门道。

说出去的话，泼出去的水，升起来的云，降下来的雨。雨入江河，可成大海。

表达如水，可以生生不息。

相声有表达，本质上是表演。

脱口秀有表演，本质上是表达。

表达，就是沟通。

三个属性：

作者属性、作品属性、作家属性。

相声演员首要是作品属性。有个作品就立住了。

脱口秀演员首要是作者属性。

作者属性不能简单理解为人设，因为一切人都有人设。这是个普遍词汇，要警惕把普遍词汇作为交流手段，场域太大，接不上火。

作者属性更多是原创表达的意思。表达什么？表达你跟这个世界沟通时遇见的问题。

答案呢？答案都在问题中。

脱口秀演员是在笑点中输出观点。

相声演员可以不输出观点，只输出笑点。

辩手可以只输出观点。但辩手在辩论中的观点可以随规则改变。相声演员也可以因作品不同而改变观点。脱口秀演员不行，无论生活中还是表演中，必须保持高度统一。所以，脱口秀演员最接近作家，他不能角色扮演，可以模仿别人，但扮演的必须是自己。

作家属性最难，是对这个世界原创并系统性的表达。世界上绝大部分作家也都没有作家属性，甚至没有作品属性和作者属性。

其实这三个属性并不仅仅局限于文艺领域。

比如小米的创始人雷军。作者属性是创业者；作品属性是小米手机及电动车；作家属性目前看还没有形成，但以后也许会形成自己对这个世界有关于创业和产品的系统性表达。

是的。人生中相当一部分问题来源于沟通不畅。

本书的主题，就是沟通。

有些话，可以言在意外。

有些话，何不竹筒倒豆子？

因为沟通不畅造成的事故太多了，于是我写了这个故事。它不能解决人类的沟通问题，也不能解决你的问题，甚至也不能解决我自身的沟通问题，但它至少可以给我们一个启示：

嘴能解决的问题，就让嘴解决吧。

眼睛是心灵的窗户。嘴是心灵的呼救。

救救心灵……

共勉。